元诗别裁集

〔清〕张景星 姚培谦 王永祺 编选

上海古籍出版社

图书在版编目(CIP)数据

元诗别裁集 / (清) 张景星 姚培谦 王永祺编选. —上海: 上海古籍出版社, 2013.8(2023.2 重印)
ISBN 978-7-5325-6929-8

Ⅰ.①元… Ⅱ.①张… ②姚… ③王… Ⅲ.①古典诗歌—诗集—中国—元代 Ⅳ.①I222.747

中国版本图书馆 CIP 数据核字(2013)第 163581 号

元诗别裁集

〔清〕张景星　姚培谦　王永祺 编选

上海古籍出版社出版发行

(上海市闵行区号景路 159 弄 1-5 号 A 座 5F　邮政编码 201101)

(1) 网址: www.guji.com.cn

(2) E-mail: guji1@guji.com.cn

(3) 易文网网址: www.ewen.co

江苏金坛古籍印刷厂印刷

开本 850×1168　1/32　印张 7　插页 5　字数 117,000

2013 年 8 月第 1 版　2023 年 2 月第 2 次印刷

印数: 1,501—2,100

ISBN 978-7-5325-6929-8

I·2703　定价: 48.00 元

出版说明

《元诗别裁集》原名《元诗百一钞》，是清人张景星、姚培谦、王永祺合编的元诗选集，共收录了元代一百五十二个作者各种体裁的诗六百十九首。他们还合编了《宋诗百一钞》。后人把这两本诗选与沈德潜编选的《唐诗别裁集》、《明诗别裁集》、《清诗别裁集》合刻，称为《五朝诗别裁集》。

本书的主要编选者张景星，字行之，江西奉新人，乾隆十年（一七四五年）进士，曾为河南鲁山知县，去官后，主讲于南阳衍畴书院，是个崇奉理学的学者。

编选者的封建地主阶级的立场和政治思想面貌决定了他们选录作品的标准。本书所选的作品大都是抒写封建士大夫的思想感情和生活的。有的则对农民起义加以恶意的诬蔑。

虽然如此，本书所收录的作者及作品还比较广泛，在一定程度上反映了元代诗歌的面貌。尤其是收录了我国少数民族诗人的一些作品，在艺术上颇具特色。为了使读者比较全面地了解历代诗歌发展变化的情况和各个流派的面貌，批判地研究这部分古典文学遗产，我们在校点整理出版《唐诗别裁集》、《宋诗别裁集》等书的同时，也将本书校点整理出版。

这次校点整理以乾隆二十九年（一七六四年）然藜阁刊本为底本，与秀野草堂《元诗选》的有关部分作了校对。

本书由上海第六棉纺织厂几位古典文学爱好者初步整理，吕贞白同志进行了复核。

上海古籍出版社

一九七八年十月

元诗别裁集目录

卷二　七言古

卷三　七言古

卷四　五言律

卷五 七言律

卷六　七言律

卷七　五言排律

卷八　五言绝　七言绝

补遗

五言古

七言古

五言律

七言律

七言绝

序

元诗选本，自苏天爵文类诗以下，不及数家，或传或微。迨我朝顾太史广搜博采，秀野草堂所刻，号为极富，然意主于备一代之文献，虽稍已汰繁芜而存雅正，若乃别裁去取，精之又精，俾学者由是而之焉，循元诗盛轨，弗坠唐音，而溯源于风、骚、汉、魏，则犹有待也。人谓元诗纤弱逊宋，此未究元人大全，遽为一方之论也。遗山未尝仕元，而巨手开先，冠绝于时，固不必言。至如赵、虞、杨、范，皆卓然成家为正宗，晋卿、道传，代兴无愧。其余骋奇斗丽，不一而足，掇锦囊之逸藻，嗣玉溪之芳韵，又非独雁门、铁崖已也。盖宋诗末流之弊也，为粗率，为生硬；元诗则反是。欲救宋诗流弊，舍元曷以哉？读百一钞，沨沨乎，洋洋乎，气格声调，进乎古矣。正变以揽诸公之长，故不隘；出入略以三唐为准，故不滥。殆韦相序又元集所云「金盘餐沆瀣，花界食醍醐」者耶！学者由是而之焉，循元诗盛轨，弗坠唐音，而溯源于风、骚、汉、魏，则是钞岂惟足以供咏吟资挦扯而已。时乾隆甲申嘉平月，耐庵沈钧德序。

元诗别裁集卷一

五言古

元好问

箕山

幽林转阴崖，鸟道人迹绝。许君栖隐地，唯有太古雪。人间黄屋贵，物外只自洁。尚厌一瓢喧，重负宁所屑。降衷均义禀，汩利忘智决。得陇又望蜀，有齐安用薛？干戈几蛮触，宇宙日流血。鲁连蹈东海，夷齐采薇蕨。至今阳城山，衡华两丘垤。古人不可作，百念肝肺热。浩歌北风前，悠悠送孤月。

缑山置酒同内翰冯丈叔献、雷兄希颜赋诗，分韵得「宾」字。

灵宫肃清晓，细柏含古春。人言王子乔，鹤驭此上宾。白云山苍苍，平田木欣欣。登高览元化，浩荡融心神。西望洛阳城，大路通平津。行人细如蚁，扰扰争红尘。蓬莱风涛深，鬓毛日夜新。殷勤一杯酒，愧尔云间人。

光武台

东南地上游，荆楚兵四冲。游子十月来，登高送长鸿。当年赤帝孙，提剑起蒿蓬。一顾滍水断，再顾新都空。雷霆万万古，青天看飞龙。巍然此遗台，落日荒烟重。谁见经纶初，指挥走群雄。白水日夜东，石麟几秋风。空余广武叹，无复云台功。

颍亭留别 同李冶仁卿、张肃子敬、王元亮子正分韵得「画」字。

故人重分携，临流驻归驾。乾坤展清眺，万景若相借。北风三日雪，太素秉元化。九山郁峥嵘，了不受陵跨。寒波淡淡起，白鸟悠悠下。怀归人自急，物态本闲暇。壶觞负吟啸，尘土足悲咤。回首亭中人，平林淡如画。

濦亭

春物已清美，客怀自幽独。危亭一徘徊，翛然若新沐。宿云淡野川，元气浮草木。微茫尽楚尾，平远疑杜曲。生平远游赋，吟讽心自足。朅来著世网，抑抑就边幅。人生要适情，无荣复何辱。乾坤入望眼，容我谢羁束。一笑白鸥前，春波动新绿。

出京 史院得告归嵩山侍下。

从宦非所堪，长告欣得请。驱马出国门，白日触隆景。半生无根著，飘转如断梗。一昨随牒来，六月阻归省。城居苦湫隘，群动日蛙黾。惭愧山中人，团茅遂幽屏。尘泥久相涴，梦寐见清颍。矫首孤云飞，西南路何永。

少林

云林入清深，禅房坐萧爽。澄泉洁余习，高鸟唤长往。我无元豹姿，漫有紫霞想。回首山中云，灵芝日应长。

刘曲龙潭

层冰积浩荡，陵谷低吞吐。窈窕转幽壑，突兀开净宇。回头山水县，亦复堕尘土。孤云铁梁北，宇宙一仰俯。风景初不殊，川涂忽修阻。寒潭海眼净，黕黑自太古。蛰龙何年卧，万国待霖雨。谁能裂苍崖，雷风看掀举。山中人岁旱则转大石入潭中以骇龙，瞬息致雨，故云。

龙门杂诗

石楼绕清伊，尘土天所限。人言无僧久，草满不复铲。滩声激悲壮，山意出高蹇。当年香山老，挂冠遂忘返。高情留诗轴，清话入禅版。谁言海山去，萧散仍在眼。溪寒不可涉，倚杖西林晚。

晓发石门渡湍水道中水经，湍音专。

疏星淡秋明，阴霞绚朝映。积雨成坐愁，晨光动幽兴。石门归驭引，湍浦渔舠并。旷荡万景新，归藏四山静。平湖风漪绿，远岸秋沙净。洋洋游鱼逝，泛泛轻鸥泳。隐显乖夙心，感遇见真性。倦游时自悼，违己将安竟。忧端从中来，茫茫发孤咏。

戴表元

宿福海寺

斫岩苍龙角，汲流紫云根。道人不绝俗，自然无耳喧。屋脊挂修岭，一日过千辕。此中但高卧，松风有清言。听之亦无有，风定松在门。炊成我欲去，独鹤鸣朝暾。

黄 庚

约王琴所不来舟中偶成

清飚卷炎埃，碧水出秋素。迢迢见山亭，回首隔烟雾。酒帘扬渔村，笳鼓响军戍。倚篷问舟人，云是三江路。篱落鸡欲栖，野水牛已渡。钓翁吹荻烟，稚子收渔具。抱琴人不来，残阳在高树。

赵孟頫

张詹事遂初亭

青山缭神京，佳气溢芳甸。林亭去天咫，万状争自献。年多嘉木合，春晚余花殿。雕阑留戏蝶，藻井语娇燕。退食鸣玉珂，友于此终宴。钟鼓乐清时，衣冠集群彦。朝市尘得侵，图书味方远。纷华虽在眼，道胜安用战？初心良已遂，雅志由此见。何事江海人，山林未如愿。

题耕织图二十四首奉懿旨撰

田家重元日，置酒会邻里。小大易新衣，相戒未明起。老翁年已迈，含笑弄孙子。老妪惠且慈，白发被两耳。杯盘且罗列，饮食致甘旨。相呼团圞坐，聊慰衰莫齿。田硗借人力，粪壤要锄理。新岁不敢闲，农事自兹始。正月。

东风吹原野，地冻亦已消。早觉农事动，荷锄过相招。迟迟朝日上，炊烟出林梢。土膏脉既起，良耜利若刀。高低遍翻垦，宿草不待烧。幼妇颇能家，井臼常自操。散灰缘旧俗，门径环周遭。所冀岁有成，殷勤在今朝。二月。

良农知土性，肥瘠有不同。时至万物生，芽蘖由地中。秉耒向畎亩，忽遍西与东。举家往于田，劳瘁在尔农。春雨及时降，被野何蒙蒙。乘兹各播种，庶望西成功。培根利秋实，仰天望年丰。但使阴阳和，自然仓廪充。三月。

孟夏土加润，苗生无近远。漫漫冒浅陂，芃芃被长阪。嘉谷虽已殖，恶草亦滋蔓。君子与小人，并处必为患。朝朝荷锄往，薅耨忘疲倦。旦随鸟雀起，归与牛羊晚。有妇念将饥，过午可无饭。一饱不易得，念此独长叹。四月。

仲夏苦雨干，二麦先后熟。南风吹陇亩，惠气散清淑。是为农夫庆，所望实其腹。酤酒醉比邻，语笑声满屋。纷然收获罢，高廪起相属。有周成王业，后稷播百谷。皇天贻来牟，长世自兹卜。愿言仍岁稔，四海尽蒙福。五月。

当昼耘水田，农夫亦良苦。赤日背欲裂，白汗洒如雨。匍匐行水中，泥淖及腰膂。新苗抽利剑，割肤何痛楚。夫耘妇当馌，奔走及亭午。无时暂休息，不得避炎暑。谁怜万民食，粒粒非易取。愿陈知稼穑，无逸传自古。六月。

大火既西流，凉风日凄厉。古人重稼穑，力田在匪懈。郊行省农事，禾黍何旆旆。碾以他山石，玉粒使人爱。大祀须粢盛，一一稽古制。是为五谷长，异彼稊与稗。炊之香且美，可用享上帝。岂惟足食人，一饱有所待。七月。

白露下百草，茎叶日纷委。是时禾黍登，充积遍都鄙。在郊既千庾，入邑复万轨。人言田家乐，此乐谁可比。租赋以输官，所余足储峙。不然风雪至，冻馁及妻子。优游茅檐下，庶可以卒岁。太平元有象，治世乃如此。八月。

大家饶米面，何啻百室盈。纵复人力多，舂磨常不停。激水转大轮，硙碾亦易成。古人有机智，用之可厚生。朝出连百车，莫入还满庭。勾稽数多寡，必假布算精。小人好争利，昼夜心营营。君子贵知足，知足万虑轻。九月。

孟冬农事毕，谷粟既已藏。弥望四野空，藁秸亦在场。朝廷政方理，庶事和阴阳。所以频岁登，不忧旱与蝗。置酒燕乡里，尊老列上行。肴羞不厌多，炰羔复烹羊。纵饮穷日夕，为乐殊未央。祷天祝圣人，万年长寿昌。十月。

农家值丰年，乐事日熙熙。黑黍可酿酒，在牢羊豕肥。东邻有一女，西邻有一儿。儿年十五六，女大亦可笄。财礼不求备，多少取随宜。冬前与冬后，昏嫁利此时。但愿子孙多，门户可扶持。女当力蚕桑，男当力耘耔。十一月。

一日不力作，一日食不足。惨淡岁云莫，风雪入破屋。老农气力衰，伛偻腰背曲。索绹民事急，昼夜互相续。饭牛欲牛肥，茭藁亦预蓄。蹇驴虽劣弱，挽车致百斛。农家极劳苦，岁岂恒稔熟。能知稼穑艰，天下自蒙福。十二月。

右耕。

正月新献岁，最先理农器。女工并时兴，蚕室临期治。初阳力未胜，早春尚寒气。窗户当奥密，勿使风雨至。田畴耕耨动，敢不修耒耜。经冬牛力弱，相戒勤饭饲。万事非预备，仓卒恐不易。田家亦良苦，舍此复何计？正月。

仲春冻初解，阳气方满盈。旭日照原野，万物皆欣荣。是时可种桑，插地易抽萌。列树遍阡陌，东西各纵横。岂惟篱落间，采叶惮远行。大哉皇元化，四海无交兵。种桑日已广，弥望绿云平。匪惟锦绮谋，只以厚民生。二月。

三月蚕始生，纤细如牛毛。婉娈闺中女，素手握金刀。切叶以饲之，拥纸散周遭。庭树鸣黄鸟，发声和且娇。蚕饥当采桑，何暇事游遨。田时人力少，丈夫方种苗。相将挽长条，盈筐不终朝。数口望无寒，敢辞终岁劳。三月。

四月夏气清，蚕大已属眠。高首何昂昂，蛾眉复娟娟。不忧桑叶少，遍野如绿烟。相呼携筐去，迢递立远阡。梯空伐条枚，叶上露未干。蚕饥当早归，秉心静以专。饬躬修妇事，黾勉当盛年。救忙多女伴，笑语方喧然。四月。

五月夏以半，谷莺先弄晨。老蚕成雪茧，吐丝乱纷纭。伐苇作薄曲，束缚齐榛榛。黄者黄如金，白者白如银。烂然满筐筥，爱此颜色新。欣欣举家喜，稍慰经时勤。有客过相问，笑声闻四邻。论功何所归？再拜谢蚕神。五月。

釜下烧桑柴，取茧投釜中。纤纤女儿手，抽丝疾如风。田家五六月，绿树阴相蒙。但闻缫车响，远接村西东。旬日可经绢，弗忧杼轴空。妇人能蚕桑，家道当不穷。更望时雨足，二麦亦稍丰。酤酒田家饮，醉倒妪与翁。六月。

七月暑尚炽，长日弄机杼。头蓬不暇梳，挥手汗如雨。嘤嘤时鸟鸣，灼灼红榴吐。何心娱耳目，往来忘伛偻。织为机中素，老幼要纫补。青灯照夜梭，蟋蟀窗外语。辛勤亦何有，身体衣几缕？嫁为田家妇，终岁服劳苦。七月。

池水何洋洋，沤麻水中央。数日庶可取，引过两手长。织绢能几时，织布已复忙。依依小儿女，岁晚叹无裳。布襦不掩胫，念之热中肠。朝缉满一篮，莫缉满一筐。行看机中布，计日渐可量。我衣苟已成，不忧天早霜。八月。

季秋霜露降，凛凛寒气生。是月当授衣，有布织未成。天寒催刀尺，机杼可无营。教女学纺纻，举足疾且轻。舍南与舍北，嘒嘒闻车声。通都富豪家，华屋贮娉婷。被服杂罗绮，五色相间明。听说贫家女，恻然当动情。九月。

丰年禾黍登，农心稍逸乐。小儿渐长大，终岁荷锄钁。目不识一字，每念心作恶。东邻方迎师，收拾令上学。后月日南至，相贺因旧俗。为女裁新衣，修短巧量度。龟手事塞向，庶御北风虐。人生真可叹，至老长力作。十月。

冬至阳来复，草木渐滋萌。君子重其然，吾道自此亨。父母坐堂上，子孙列前荣。再拜称上寿，所愿百福并。人生属明时，四海方太平。民无札瘥者，厚泽敷群情。衣食苟给足，礼义自此生。愿言兴学校，庶几教化成。十一月。

忽忽岁将尽，人事可稍休。寒风吹桑林，日夕声飕飗。墙南地不冻，垦掘为坑沟。斫桑埋其中，明年芽早抽。是月浴蚕种，自古相传流。蚕出易脱壳，丝纩亦倍收。及时不努力，知有来岁不。手冻不足惜，冀免号寒忧。十二月。

右织。

贡奎

题陈氏所藏著色山水图

独卧晓慵起，梦中千万山。推窗烟云满，一笑咫尺间。袅袅美人妆，金碧粲笄鬟。素波净如镜，绿蘋点溪湾。美哉笔墨工，貌此意度闲。孤禽立圆沙，渔舟远来还。我方厌阛市，坐对忘朝餐。安得林下扉，深居长掩关。

虞集

赤城馆

雷起龙门山，雨洒赤城观。萧骚山木高，浩荡尘路断。鱼龙喜新波，燕雀集虚幔。开户微风兴，倚杖众云散。

揭傒斯

山水卷

稍稍云木动，蔼蔼烟峰乱。远浦引归桡，双崖临绝岸。方思隐沦客，欲结渔樵伴。水阔山更遥，幽期空汗漫。

重饯李九时毅赋得南楼月

娟娟临古戍，晃晃辞烟树。寒通云梦深，白映苍祠莫。胡床看逾近，楚酒愁难驻。雁背欲成霜，林梢初泫露。故人明夜泊，相望定何处？且照东湖归，行送归舟去。

黄　溍

游西山同项可立宿灵隐西庵

薄游厌人境，振策穷幽躅。理公所开凿，遗迹在岩麓。秋杪霜叶丹，石面寒泉绿。仰窥条上猿，攀萝去相逐。物情一何适，人事有羁束。却过猊峰回，遥望松林曲。前山夜来雨，湿云涨崖谷。缥缈辨朱甍，禅房带修竹。故人丹丘彦，抱被能同宿。名篇聊一咏，异书欣共读。蹉跎未闻道，黾勉尚干禄。夙有丘壑期，吾居几时卜？

萨都剌

秋日池上

顾兹林塘幽，消此闲日永。飘风乱萍踪，落叶散鱼影。天清晓露凉，秋深藕花冷。有怀无与言，独立心自省。

贡师泰

遣怀

日入柳风息，月上花露多。东轩颇幽敞，夜静时一过。鸟散庭中树，虫鸣阶下莎。北斗何低昂，疏星没横河。独赏谁晤语，感慨成悲歌。怀哉岩桂台，邈在姑山阿。

姑孰道中

朝发慈姥山，莫宿吴公桥。日入气犹溽，清怀厌烦嚣。隔江风雨至，绿树凉萧萧。邻舟颇相好，有酒忽见招。明发波浪阔，相望一何遥。

迺贤

赋环波亭送杨校勘归豫章

积水敞华构，参差带幽壑。微风动轻蘋，绿云泛珠箔。天空夕阴敛，川回游鳞跃。徘徊沧洲梦，露下翠衾薄。公子属鸣珮，逍遥陟延阁。微吟省树移，缓步庭花落。放舟返春渚，言恣林泉乐。挥觞靡可留，怅望青山郭。

吴师道

德兴开化道中三首

春晨气澄穆，杂卉香满路。百舌鸣高林，墟烟淡如雾。农夫启门出，在野各有务。行人独何为，憧憧自来去。

宿云逗疏雨，睒睒吐晨旭。晴光动千花，霞雪眩川谷。白鹇戏深丛，黄鸟鸣灌木。俯仰竟忘疲，历此溪百曲。

两崖苍石间，湍水激清泻。山桃烂红芳，光影连上下。春风忽怒起，意乃媚行者。飞花扑人来，揽之欲盈把。

周权

夏日偕友晚步饮听泉轩

终日局环堵，散策穷深幽。嘉我二三子，落落诚罕俦。适意随所诣，行行遂经丘。青松如高人，含风自萧飕。夕云度深翠，爽气衣上浮。石根泻幽泉，戛戛锵琳球。乐彼泉上趣，幽构飞岑楼。新兰秀而滋，旧竹清且修。款我情颇厚，清尊频献酬。盘桓有余乐，啸傲成迟留。池深风露香，荷意淡欲秋。饮散众喧息，微月生林陬。

接竹引泉

苍润隐石脉，幽源迸山椒。连筒入云窦，势接河汉遥。引兹一线秋，高下穿林梢。联络袅相拄，旋折不辞劳。挽之归我庐，晴雨注屋茆。乍窒或细细，久续俄嘈嘈。空阶落琴筑，虚瓮鸣钧韶。盥浥足自洁，心迹良已超。固无鼎釜珍，颇煮溪涧毛。未能学许由，厌喧解风瓢。

湘中

天寒楚云净，木落湘山幽。空江夜来雨，水满芦花洲。西风何渺渺，沧波日悠悠。有怀谁与言，注目孤鸿秋。

许谦

莫过东津馆

薄莫下东津，滩急舟剧箭。渔镫互明灭，陇月时隐见。清飔从东来，凉气袭我面。目送两山青，天长净如练。

陈　高

岁首自广陵入高邮舟中作

北风吹湖水，远行当岁徂。孤舟无同人，相依唯仆夫。遥睇高邮城，仿佛十里余。落日去地远，飞雁与云俱。悠悠思故乡，邈在天南隅。慈亲倚门望，我身犹道途。羁旅岂足恤，但念骨肉疏。何当脱行路，归卧山中庐。

种橦花

炎方有橦树，衣被代蚕桑。舍西得闲园，种之漫成行。苗生初夏时，料理晨夕忙。挥锄向烈日，洒汗成流浆。培根浇灌频，高者三尺强。鲜鲜绿叶茂，灿灿金英黄。结实吐秋茧，皎洁如雪霜。及时以收敛，采采动盈筐。缉治入机杼，裁剪为衣裳。御寒类挟纩，老稚免凄凉。豪家植花卉，纷纷被垣墙。于世竟何补，争先玩芬芳。弃取何相异，感物增惋伤。

周伯琦

野狐岭

岭界南北，甚寒，南下平地则暄矣。

高岭出云表，白昼生虚寒。冰霜四时凛，星斗咫尺攀。其阴控朔部，其阳接燕关。洞谷深叵测，梯磴纡百盘。坳垤草披拂，崎岖石巑岏。轮蹄纷杂遝，我马习以安。恍然九天上，熙熙俯人寰。连冈束重隘，拱揖犹城垣。停鞭履平地，回首势望尊。绵衣遂顿减，长途汗流鞯。亭柳荫古道，园果登御筵。境虽居庸北，物色幽蓟前。始悟一岭隔，气候殊寒暄。小邑名宣平，相距两舍间。牛羊岁蕃息，土沃农事专。野人敬上官，柴门莫款延。休养嘉承平，禹迹迈古先。汉唐所羁縻，今则同中原。大哉舆地图，垂创何其艰！张皇我六师，金汤永深坚。

陈　基

分署望凤凰山

秋气日以佳，微云不成雨。青山天际来，与我为宾主。飞龙及舞凤，突兀在庭户。须臾雾霭收，草树粲堪数。謇予麋鹿姿，讵意婴圭组。蹩缩匪天真，驱驰漫尘土。偶坐属无喧，晴容湛空宇。欲去复踟蹰，此意谁当与？

夏夜怀李尚志

张宪

蟋蟀已在壁，烦暑犹未歇。离居感时序，忧端难断绝。绿树含微风，明河湛秋月。念子行未归，徘徊至明发。

胡姬年十五拟刘越石

杨维桢

胡姬年十五，芍药正含葩。何处相逢好，并州卖酒家。面开春月满，眉抹远山斜。一笑既相许，何须罗扇遮。

送客洞庭西

倪瓒

送客洞庭西，雷堆青两两。陈殿出空明，吴城连苍莽。春随湖色深，风将潮声长。杨柳读书堂，芙蓉采菱桨。怀人故未休，望望欲成往。

春日云林斋居

池泉春涨深，径苔夕阴满。讽咏紫霞篇，驰情华阳馆。晴岚拂书幌，飞花浮茗碗。阶下松粉黄，窗间云气暖。石梁萝茑垂，翳翳行踪断。非与世相违，冥栖久忘返。

述怀

读书衡茅下，秋深黄叶多。原上见远山，被褐起行歌。依依墟里间，农叟荷蓧过。华林散清月，寒水淡无波。遐哉栖遁情，身外岂有它。人生行乐耳，富贵将如何！

丙子岁十月八日夜泊阊门将还溪上有怀友仁陆征君

明发辞吴会，移舟夜淹泊。空宇垂繁星，微云暝前郭。沉沉抱冲素，悄悄伤离索。归扫松径苔，迟君践幽约。

戊寅十二月丹丘柯博士过林下赋诗次韵酬答

积雪被长坂，卧疴守中林。山川虽云阻，舟楫肯见寻。倾盖何必旧，相知亦已深。惊风飘枯条，清池冒重阴。联翩双黄鹄，飞鸣绿水浔。顾望思郁纡，裴徊发悲吟。愿言齐羽翼，金石固其心。欢乐何由替，黄发期满簪。

己卯正月十八日与申屠彦德游虎丘得客字

余适偶入城，本是山中客。舟经二王宅，吊古览陈迹。松阴始亭午，岚气忽敛夕。欲去仍裴徊，题诗满苔石。

寄李隐者

南汀新月色，照见水中蘋。便欲乘清影，缘源访隐沦。君住钿山湖，绿酒松花春。梦披寒雪去，疑是剡溪滨。

对酒

题诗石壁上，把酒长松间。远水白云度，晴天孤鹤还。虚亭映苔竹，聊此息跻攀。坐久日已夕，春鸟声关关。

早春对雨寄怀张外史

林卧苦泥雨，忧来不可绝。掀帏望天际，春风吹木末。飞萝散成雾，细草绿如发。念子独高世，南山修隐诀。抚弄无弦琴，招邀青天月。神安形不凋，迹高行自洁。思之不可见，饥渴何由歇。愿为鸾鹄翔，南游拂松雪。

王　逢

秋夜叹

大星芒鬣张，小星光华开。皇天示兵象，胜地今蒿莱。河岳气不分，烛龙安在哉？参赞道岂谬，积阴故迟回。疏风夜萧萧，野磷纷往来。安知非游魂，相视白骨哀。汩汩饮马窟，云冥望乡台。于时负肝胆，慷慨思雄材。

钱　选

题浮玉山居图

瞻彼南山岑，白云何翩翩。下有幽栖人，啸歌乐徂年。丛石映清泚，嘉木淡芳妍。日月无终极，陵谷从变迁。神襟轶寥廓，兴寄挥五弦。尘彯一以绝，招隐奚足言？

陈孚

烟寺晚钟

山深不见寺，藤阴锁修竹。忽闻疏钟声，白云满空谷。老僧汲水归，松露堕衣绿。钟残寺门掩，山鸟自争宿。

何中

春风如少年效程汉翁

春风如少年，狂逐无定处。垂杨曲江堤，细草东郊路。只言今似昔，不悟新非故。流水何时归，残莺数声暮。

招仙观

逶迤溪南路，窈窕招仙谷。空堂两道人，残棋映深竹。一叶响疏篱，双鸦啼高屋。出门随归人，远烧在山麓。

知非堂夜坐

前池荷叶深，微凉坐来爽。人归一犬吠，月上百虫响。余非洽隐沦，隙地成偃仰。林端斗柄斜，抚心独凄怆。

游乐安穆山寺

秋阴出南郭，佳色来远山。悠然渡野水，却宿前林间。朝气锐幽步，相携上孱颜。行穿绿萝远，共爱青杉闲。已穷高原路，忽得双石关。飞烟带香气，深木藏幽潺。景晏钟磬寂，桂花满苔斑。道人一尊酒，时听风珊珊。多悟从此始，尘缘谅能删。空廊对微雨，亦复不知还。

发新涂金水亭

振衣上野航，回首谢山阪。日淡秋水空，风清片帆远。沙光侵岸发，峰影随人转。前渡烟水深，离亭路今缅。

晓发辞夫矶时李泂溉之先行

荻暗鸡鸣村，平皋下残月。参差邻舫语，橹声带潮发。露华望中白，篷阴散秋发。沙鸟知曙鸣，海云上空灭。念我前行友，青山已飞越。迟尔及相携，无嗟赏心歇。

照武西塔山报恩寺

山椒敞禅扃，幽欣失微倦。密林稍深沉，新笋亦葱蒨。磴折迎空香，台虚得清啭。芸芸趋前尘，往往遗胜践。始知佛力宏，能使地灵见。市声俯一席，山色照三面。郡小览易穷，兴高赏难遍。微生谅何缘，周流散遐眷。

早起

觉来日已升，花梢众禽语。何许白浮萍，池间散还聚。起见梅已空，夜来几更雨。鱼行春到水，草暖香在露。溪上人语喧，樵薪满沙路。

枥溪

林岭甚可爱，溪源无尽时。山花已乱发，烟暖东风迟。因与采樵者，坐谈树阴移。日斜自归缓，我兴非人知。

樟树镇五公寺

久幽厌拘维，暂弛欣舒散。近关得禅扉，择步历苍藓。沉沉松阴重，滟滟水光远。残花起余香，乳禽响新啭。虚廊清昼长，高僧坐谈简。学空素所味，虑妄还自遣。移晷始知归，生烟满林晚。

傅若金

和赵德隆秋夕雨

落景翳重城，阴凝起初夕。萧条飞雨至，散漫轻飚激。洒幌静弥多，喧檐暴复息。清商乱急管，遥怨生离席。游子恒念乡，气凄感时易。既兴北风叹，亦抱南山戚。晨鸡不废度，征雁无宁翼。向道乖夙期，寸阴违所惜。咏歌良可兴，幽怀坐填积。

题宜春钟清卿清露轩清卿能琴。

秋气集太虚，夕光溥高树。时闻阴液坠，暗识商飚度。旋旋星动林，英英月霏雾。凉扃息尘想，幽琴寄元悟。寂历松上声，逍遥丘中趣。钧天澹斜景，银汉蔼微素。古调今所稀，大音谁能喻？仙人饮沆瀣，寿命金石固。千岁不可期，空歌徒延慕。

黄清老

访子威都事不遇

清晓抱绿绮，来就夫君弹。夫君久已出，野水流花间。石涧度微雨，秋生湖上山。松阴坐永日，心与云俱闲。人事有离合，白鸥聊共还。

福山庵

晨光海上来，云气升万壑。鸡鸣落花中，残钟度城郭。庵僧戴星出，我自饭藜藿。宁知天地心，但有山水乐。书灯夜摇动，雾气侵几阁。开扉得新月，欲掩见栖雀。烟霞暂相违，笔砚庶有托。但留松间雪，付与双白鹤。庭柯换故叶，林竹脱新箨。何日芝草开，挐舟赴前约。

刘诜

送范主一宪郎

庸夫老丘里，志士轻山川。古来环辙人，往往皆才贤。范君绣衣家，白璧生蓝田。清游半朔南，征衫积涛烟。崇台交辟刿，思亲理归船。吴州肯暂驻，风概倾四筵。挥毫走秋蛟，吐句纡春涟。清霜净江波，水花寒更妍。櫂讴催客发，风正帆始悬。翩翩凤皇翎，终当仪九天。

出墅初冬

邻春五更动，机杼响俱发。薄霜厉曾宇，天西辗孤月。驿马嘶不已，壁蛩鸣乍歇。故人期不来，山庄多落叶。

戴　良

赠别吕用明

旅雁薄霄游，轻鸥掠水飞。相逢多间阻，所向有高卑。偶此风雨过，解后洲渚湄。翩翩形影乱，嗷嗷鸣声悲。日落水气寒，月高风景移。矰缴发中流，又复夜惊离。回翔空有志，栖宿定何时。飘飘天衢上，往慎子毛衣。

赠别祝彦明

怅望临荒蹊，驱驰骋遐步。江纡练月初，山标彩霞莫。天长路易迷，水深舟难渡。征人去不息，倦仆立相顾。此时悲送君，安能发不素？

抵富阳宿县治作

戾戾风荡波，鳞鳞云出崿。乘轺临安道，指景富春郭。是节春已暮，遥涂寒尚薄。升阳对人掩，倾润洒衣落。解鞍憩危岭，倚剑望幽壑。饥禽声固惨，哮虎势尤恶。既暝入公署，息念坐尘阁。俯思还浦鱼，仰忆回风鹤。以之念乡县，临觞不能酌。

宿高密

长途跋且涉，征车驰复息。晓旦发东胶，落景次高密。城居不几户，驿舍仅容膝。仆马立空旷，徒侣话嚜黑。客情既牢落，世议复纷惑。前险虽幸过，后艰方未测。骨肉在远道，亲朋皆异域。纵云当别家，胡乃轻去国？明朝望乡处，呜咽泪沾臆！

湖下对雨有怀天渊老禅

空蒙暗遥甸，淅沥响高树。乍萦林表来，复洒重湖去。潇潇孤兴发，望望寒川莫。念与道人期，云深不知处。

谢应芳

倪元镇过娄江寓舍因偕智愚隐游姜公墩得如字

秋暑贾馀勇，怀抱方焚如。故人江上来，风雨与之俱。遂令沸羹鼎，化为寒露壶。幽寻陟崇丘，飘飘素霞裾。同游得名缁，吟啸兴不孤。大树倚高盖，小酌欢有余。三江五湖上，群峰开画图。独怜我乡土，烟尘尚模糊。安知艰虞世，得此暇日娱。一笑百虑忘，松风奏笙竽。

甘复

宿山家

木落秋满山，窗虚夜凉集。风吹海月生，露洗苔衣湿。野客爱清泠，长瓢暝中汲。

晓出西园由谷中归

披褐入西园，烦襟散清晓。微风动高树，零露下芳沼。始行幽谷中，忽出青林杪。流水漂余花，修筠度啼鸟。身缘翠石回，思逐白云杳。负杖孤赏怀，春阑绿阴悄。

李序

远愁曲

桃杏忽已残，秾花逐流水。绿阶日色重，芳草青靡靡。飞燕衔落花，春风共吹起。飘散不相知，愁心满千里。

元诗别裁集卷二

七言古

元好问

游黄华山

黄华水帘天下绝，我初闻之雪溪翁。丹霞翠壁高欢宫，银河下濯青芙蓉。昨朝一游亦偶尔，更觉摹写难为功。是时气节已三月，山木赤立无春容。湍声汹汹转绝壑，雪气凛凛随阴风。悬流千丈忽当眼，芥蒂一洗平生胸。雷公怒激散飞雹，日脚倒射垂长虹。骊珠百斛供一泻，海藏翻倒愁龙公。轻明圆转不相碍，变见融结谁为雄？归来心魄为动荡，晓梦月落春山空。手中仙人九节杖，每恨胜景不得穷。携壶重来岩下宿，道人已约山樱红。

王右丞雪霁捕鱼图

江云滉滉阴晴半，沙雪离离点江岸。画中不信有天机，细向树林枯处看。渔浦移家愧未能，扁舟萧散亦何曾？白头岁月黄尘底，笑杀高人王右丞。

泛舟大明湖待杜子不至。

长白山前绣江水，展放荷花三十里。看山水底山更佳，一堆苍烟收不起。山从阳丘西来青一弯，天公掷下半玉环。大明湖上一杯酒，昨日绣江眉睫间。晚凉一棹东城渡，水暗荷深若无路。江妃不惜水芝香，狼籍秋风与秋露。兰襟郁郁散芳泽，罗袜盈盈见微步。晚晴一赋画不成，枉著风标夸白鹭。我时骖鸾追散仙，但见金支翠蕤相后先。眼花耳热不称意，高唱吴歌叩两舷。唤取樊川摇醉笔，风流聊与付他年。

涌金亭示同游诸君

太行元气老不死，上与左界分山河。有如巨鳌昂头西入海，突兀已过余坡陀。我从汾晋来，山之面目腹背皆经过。济源盘谷非不佳，烟景独觉苏门多。涌金亭下百泉水，海眼万古留山阿。觱沸泺水源，瀰沦晋溪波。云雷涵鬼物，窟宅深蛟鼍。水妃簸弄明月玑，地藏发泄天不呵。平湖油油碧于酒，云锦十里翻风荷。我来适与风雨会，世界三日漫兜罗。山行不得山，北望空长哦。今朝一洗众峰出，千鬟万髻高峨峨。空青断石壁，微茫散烟萝。

山阳十月未摇落，翠蕤云旓相荡摩。云烟故为出浓淡，鱼鸟似欲留婆娑。石间仙人迹，石烂迹不磨。仙人去不返，六龙忽蹉跎。江山如此不一醉，拊掌笑杀孙公和。长安城头乌尾讹，并州少年夜枕戈。举杯为问谢安石，苍生今亦如卿何？元子乐矣君其歌。

天门引

秦王宫中不得近，从破衡成欲谁信？白头游客困咸阳，憔悴黄金百斤尽。海中仙人黄鹤举，大笑人间争腐鼠。丈夫何意作苏秦？六印才堪詟儿女。古来多为虚名老，不见阿房净如埽。千年虎豹守天门，一日牛羊卧秋草。

湘夫人咏

木兰芙蓉满芳洲，白云飞来北渚游。千秋万岁帝乡远，云来云去空悠悠。秋风秋月沅江渡，波上寒烟引轻素。九疑山高猿夜啼，竹枝无声堕残露。

西楼曲

游丝落絮春漫漫，西楼晓晴花作团。楼中少妇弄瑶瑟，一曲未终坐长叹。去年与郎西入关，春风浩荡随金鞍。今年匹马妾东还，零落芙蓉秋水寒。并刀不剪东流水，湘竹年年泪痕紫。海枯石烂两鸳鸯，只合双飞便双死。重城车马红尘起，乾鹊无端为谁喜？镜中独语人不知，欲插花枝泪如洗。

望云谣

涉江采芙蓉，芙蓉待秋风。登山采兰苕，兰苕霜早雕。美人亭亭在云霄，郁摇行歌不可招。湘弦沉沉写幽怨，愁心历乱如曳茧。金支翠蕤纷在眼，春草迢迢春波远。

望归吟

塞云一抹平如截，塞草离离卧榆叶。长城窟深战骨寒，万古牛羊饮冤血。少年锦带佩吴钩，独骑匹马觅封侯。去时只道从军乐，不道关山空白头。北风吹沙杂飞雪，弓弦有声冻欲折。寒衣昨夜洛阳来，肠断空闺捣秋月。年年岁岁望还家，此日归期转未涯。谁与南州问消息，几时重拜李轻车？

尹廷高

芦沟晓月

阑干滉漾晨霜薄，马度石桥人未觉。滔滔流水去无声，月轮正挂天西角。千村万落荒鸡鸣，大车小车相间行。停鞭立尽杨柳影，孤鸿灭没青山横。

郝经

贤台行 古黄金台也，土人称为贤台。

高台突兀燕山碧，黄金泥多土犹湿。晓日曈昽赤羽旗，燕王北面亲前席。费尽黄金台始成，一朝拜隗人尽惊。谁知平地几层土，中有全齐七十城。礼贤复仇燕始霸，遂与诸侯雄并驾。七百年来不用兵，一战轰然骇天下。二城未了昭王殂，火牛突出骑劫诛。台上黄金少颜色，惠王空读乐毅书。古来燕赵多奇士，用舍中间定兴废。还闻赵括代廉颇，败国亡家等儿戏。燕子城南知几年？台平树老漫荒烟。莫言骐骥能千里，只重黄金不重贤。

赵孟頫

桃源春晓图 为商德符学士。

宿云初散青山湿，落红缤纷溪水急。桃花源里得春多，洞口春烟摇绿萝。绿萝摇烟挂绝壁，飞泉淙下三千尺。瑶草离离满涧阿，长松落落凌空碧。鸡鸣犬吠自成村，居人至老不相识。瀛洲仙客知仙路，点染丹青寄轻素。何处有山如此图？移家欲向山中住。

马祖常

杨花宛转曲

空中游丝已无赖，宛转杨花犹百态。随风扑帐拂香奁，度水点衣萦锦带。轻薄颠狂风上下，燕子莺儿各新嫁。钗头烬坠玉虫初，盆里丝缫银茧乍。欲落不落春沼平，无根无蒂作浮萍。缬波绣苔总成媚，人间最好是清明。清明艳阳三月天，帝里烟花匝酒船。石桥横直人家好，小海白鱼跳碧藻。榆荚荷钱怨别离，不似杨花宛转飞。杨花飞尽绿阴合，更看明年春雨时。

曹伯启

陪诸公杖屦登梁王吹台，悠悠悼古之情，不能自已，呈孟子周、子文二友

天宇廓然秋已莫，幽人欲作登高赋。联镳沽酒上繁台，千古兴亡一回顾。百鸟喧啾塔半摧，荆榛掩映台前路。黄花采采未成欢，目断荒城起烟雾。

虞　集

张令鹿门图

张侯襄阳人，深知襄阳乐。十年宦学怀襄阳，故托豪缣写山郭。老我不乐思蜀都，人言嵩阳好隐居。三十六峰常对面，水竹田庐还可图。欲往不能心惨惨，忽见新图被山恼。沙禽浦树俱可人，金涧石床为谁好？向来耆旧皆英雄，驾言从之道焉从？弄珠月冷识游女，沉剑潭深知卧龙。八月霜晴水清浅，闻道扁舟足回转。何时古寺傍檀溪？几处残碑在江岘？呼鹰台高秋草多，养鱼池中莲芡波。蜀嵩未必不如此，我今不游奈老何！张侯张侯早结屋，莫待史詹为君卜。要看陇上课儿耕，好在鱼梁白沙曲。

家兄孟修父输赋南还

大兄五月来作客，八年不见头总白。五人兄弟四人在，每忆中郎泪沾臆。我家蜀西忠孝门，无田无宅惟书存。兄虽管库实父荫，弟窃微禄承君恩。文章不如仲氏好，叔氏最少今亦老。五郎十岁未知学，嗟我何为长远道？诸儿读书俱不多，又不力耕知奈何！忧来每得二三友，看花把酒临风哦。蜀山嵯峨归未得，盘盘先垅临川侧。碧梧翠竹手所移，应与青松各千尺。南风吹雪河始冰，兄归乌帽何矍矍！明年乞身向天子，共读父书歌太平。

画鹤

薛公少保昔画鹤，毛羽萧条向寥廓。通泉县壁久微茫，故物都非况城郭？长鸣阔步貌闲暇，解写高情亦奇作。田中芝草日应长，石上松花晚犹落。赤壁江深孤月小，白云野迥秋霄薄。群帝相从绛节朝，八公许制黄金药。误婴尘网迹易迷，移召中洲梦如昨。借悬素壁忆真侣，忽有微风动林壑。碧虚寥寥积雪高，直过萧台绝栖泊。

范梈

题李白郎官湖

当时郎官奉使出咸京，仙人千里来相迎。画船吹笛弄渌水，何意芳洲遗旧名。唐祠芜没知何代？惟有东流水长在。黎侯独起梁栋之，仿佛云中昔轩盖。南飞越鸟北飞鸿，今古悠悠去住同。富贵何如一杯酒，愁来无地酹西风。大别山高几千尺，隔城正与祠相值。青猿夜抱月光啼，挂在东湖之石壁。黎侯本在斗南家，枕戈犹自忆烟霞。只拟将身报天子，不负胸中书五车。昨者相逢玉阙下，别来几日秋潇洒。黄叶当头乱打人，门前系著青骢马。君今归去钓晴湖，我亦明年辞帝都。若过湖边定相见，为问仙人安稳无。

王氏能远楼

游莫羡天池鹏，归莫问辽东鹤。人生万事须自为，跬步江山即寥廓。请君得酒勿少留，为我痛酌王家能远之高楼。醉捧句吴匣中剑，斫断千秋万古愁。沧溟朝旭射燕甸，桑枝正搭虚窗面。昆仑池上碧桃花，舞尽东风千万片。千万片，落谁家？愿倾海水溢流霞。寄谢尊前望乡客，底须惆怅惜天涯。

揭傒斯

夏五月武昌舟中触目

两髯背立鸣双橹，短蓑开合沧江雨。青山如龙入云去，白发何人并沙语？船头放歌船尾和，篷上雨鸣篷下坐。推篷不省是何乡？但见双双白鸥过。

高邮城

高邮城，城何长？城上种麦，城下种桑。昔日铁不如，今为耕种场。但愿千万年，尽四海外为封疆。桑阴阴，麦茫茫，终古不用城与隍。

黄 溍

阳山昱上人访予吴门寓舍，求为湘竹诗，予辞以未见竹。上人不远六十里自山中舁其竹而来，好有如此者，欣然为赋长句

道人来自阳山麓，手携旧种千竿竹。小裁方斛不盈尺，中有潇湘江一曲。未信天工能尔奇，不知地脉从谁缩？晴窗翛翛散烟雾，眼底森然立群玉。岂期我乃累此君，蒙犯风埃走尘俗。故山方远重愁绝，新句未成惭迫促。黄冈之产大中椽，政用材美刳其腹。愿言保此终天年，岁莫山中伴幽独。

萨都剌

燕姬曲 一作杨花曲。

燕京女儿十六七，颜如花红眼如漆。兰香满路马尘飞，翠袖笼鞭娇欲滴。春风淡荡摇春心，锦筝银烛高堂深。绣衾不暖锦鸳梦，紫帘垂雾天沉沉。芳年谁惜去如水，春困著人倦梳洗。夜来小雨润天街，满院杨花飞不起。

相逢行赠别旧友治将军 并序

予迁官出闽，舟行抵兴田驿二十里许，俄闻击鸣金鼓，应响山谷间。随见旌旗导前，兵卒卫后，中有乘马者，毳袍帕首，徐行按辔，屡目吾舟。吾病久气馁，不能无惧心也。顷之，兴田驿吏以行舆见迓，遂舍舟乘舆。向之旌旗兵卒，移导舆前，马从舆后，舆行马鸣，途中未敢交一语。迫莫至邸舍，烛光之下，毳袍者进曰：「某乃建之五夫巡检官。闻使君至，候此将一月矣。某尝三识使君面，自都门一别，今已五载，使君岂遗忘之耶？」仆惊谢曰：「将军何人也？」答曰：「某即使君旧友云中也。」熟视久之，恍如梦寐。云中复能纪予阙下丰采时否邪？历历关河，旧游如隔世。乃对烛光，夜道故旧。明日复同游武夷九曲，煮茶酌酒，临流赋诗，出入丹崖碧嶂间，心与境会，天趣妙发，长歌剧饮，相与为乐。酒阑兴尽，秋风凄凄，落木雨下，闽关在望，复作远行。予始见君而惧，次得君而喜，终会君而乐，又得名山水以发挥久别抑郁之怀。乐甚而复别，别而复悲，悲复继之以思也。嗟夫！人生聚散，信如浮云，地北天南，会有相见。因赋诗，复为相逢行以送之。

一年相逢在京口，笑解吴钩换新酒。城南桃杏花正开，白面青衫鞭马走。一年相逢白下门，短衣窄袖呼郎君。朝驰燕赵莫吴楚，逸气自觉凌青云。一年相逢在阙下，东家蹇驴日相假。有如臣甫去朝天，泥滑沙堤不敢打。都门一别今五年，今年相逢沧海边。千山木叶下如雨，雁声堕地秋连天。将军毳袍腰羽箭，拥马旌旗照溪面。小官不识将军谁，卧病孤舟强相见。岂知此地逢故人，摩挲老眼开层云。旧游历历似隔世，夜雨岂不思同群！郎君别后瘦如许，无乃从前作诗苦。溪头月落山馆深，剪烛犹疑梦中语。人生聚散亦有时，且与将军游武夷。弓刀挂在洞前树，洞里仙童来觅诗。稽首武夷君，借我幔峰顶，分我紫霞浆，与子连夜饮。左手招子乔，右手招飞琼，举觞星月下，听吹双凤笙。我酌一杯酒，持劝天上月，劝尔长照人相逢，莫向关山照离别。凤笙换曲曲未终，天风木杪吹晨钟。拂衣罢宴下山去，又隔云山千万重。

织女图

兰闺织锦秦川女，大姬哑哑弄机杼。小姬织倦何所思？帘幕无人燕双语。成都花发江水春，门前马嘶车辚辚。髻鬟两珥看欲堕，蛾眉八字画不伸。良人一去无消息，冰蚕吐丝成五色。柔肠九曲细于丝，万缕春愁正如织。绮窗睡起闻早莺，西楼月落金盘倾。暖霞拂地海棠晓，香雪泼户梨花晴。日长深院机声动，梭影穿花飞小凤。水心惊起鸳鸯飞，花底不成胡蝶梦。纤纤玉指柔且和，香钩小袜裁春罗。满怀心事付流水，荡日云锦生层波。佳人自古多命薄，风里杨花随处落。岂知丑妇嫁田家，生则同衾死同椁。君不闻，长安市上花满枝，东家胡蝶西家飞。笼中鹦鹉唤新主，门外侍儿更故衣。又不闻，田家妇，日埽春蚕宵织布。催租县吏夜打门，荆钗布裙夫短裤。我题此画三嗟吁，百年丑好皆虚无。排云便欲叫阊阖，为我献上豳风图。

过嘉兴

三山云海几千里，十幅蒲帆挂烟水。吴中过客莫思家，江南画船如屋里。芦芽短短穿碧沙，船头鲤鱼吹浪花。吴姬荡桨入城去，细雨小寒生绿纱。我歌水调无人续，江上月凉吹紫竹。春风一曲鹧鸪吟，花落莺啼满城绿。

宋无

乌夜啼

露华洗天天堕水，烛光烧云半空紫。西施夜醉芙蓉洲，金丝玉篑咽清秋。鼙鼓鞭月行春雷，洞房花梦酣不回。宫中夜夜啼栖乌，美人日日歌吴歈。吴王国破歌声绝，鬼火青荧生碧血。千年坏冢耕狐兔，乌衔纸钱挂枯树。髑髅无语满眼泥，曾见吴王歌舞时。乌夜啼，啼为谁？身前欢乐身后悲，空留瑟怨传相思。乌夜啼，啼别离。

战城南

汉兵鏖战城南窟，雪深马僵汉城没。冻指控弦指断折，寒肤著铁肤皲裂。军中七日不火食，手杀降人吞热血。汉悬千金购首级，将士衔枚夜深入。天愁地黑声啾啾，鞍下髑髅相对泣。偏裨背负八十创，破旗裹尸横道旁。残卒忍死哭空城，露布独有都护名。

迺　贤

答禄将军射虎行并序

答禄将军，世为乃蛮部主。归国朝，拜随颍万户。平金有功，事载国史。其出守信阳，射虎之事尤伟。曾孙与权举进士，为秘书郎官，与余雅善，间言其事，因征作歌。

将军部曲瀚海东，三千铁骑精且雄。久知天命属真主，奋身来建非常功。世祖神谟涵宇宙，坐使英雄皆入彀。十年转战淮蔡平，帐下论功封太守。信阳郭外山嵯峨，长林大谷青松多。白额於菟踞当道，城边日落无人过。将军闻之毛发竖，拔剑誓天期杀虎。弯弓走马出东门，倾城来看夸豪武。猛虎磨牙当路嗥，目光睒睒斑尾摇。据鞍一叱双眦裂，鸟飞木落风萧萧。金弰雕弓铁丝箭，满月弦开正当面。雕翎射没锦毛摧，厓石崩腾腥血溅。万人欢笑声震天，剖开一箭当心穿。父老持杯马前拜，祝公眉寿三千年。将军立功期不朽，奇事相传在人口。可怜李广不封侯，却喜将军今有后。承平公子秘书郎，文场百步曾穿杨。咫尺风云看豹变，鸣珂曳履登朝堂。虎既剖，箭镞正贯于心中。

吴　莱

风雨渡扬子江

大江西来自巴蜀，直下万里浇吴楚。我从扬子指蒜山，旧读水经今始睹。平生壮志此最奇，一叶轻舟傲烟雨。怒风鼓浪屹于城，沧海输潮开水府。凄迷灔滪恍如见，漭滉扶桑杳何所？须臾草树皆动摇，稍稍鼋鼍欲掀舞。黑云鲸涨颇心掉，明月贝宫终色侮。吟倚金山有莫钟，望穷采石无朝橹。谁欤敲齿咒能神？或有伛身言莫吐。向来天堑如有限，日夜军书费传羽。三楚畸民类鱼鳖，两淮大将犹熊虎。锦帆十里徒映空，铁锁千寻竟然炬。桑麻夹岸收战尘，芦苇成林出渔户。宁知造物总儿戏，且揽长川入尊俎。悲哉险阻惟白波，往矣英雄几黄土！独思万载疏凿功，吾欲持觞酹神禹。

吴师道

桐庐夜泊

合江亭前秋水清，归人罢市无余声。灯光隐见隔林薄，湿云闪露青荧荧。楼台渐稀灯渐远，何处吹箫犹未断？凄风凉叶下高桐，半夜仙人来绝巘。江霏山气生白烟，忽如飞雨洒我船。倚篷独立久未眠，静看水月摇清圆。

元诗别裁集卷三

七言古

周 权

冷泉亭

昔人来自天竺国，缥缈孤云伴飞锡。天风吹落凝不去，化作奇峰耸空碧。至今裂峡余云髓，桂冷松香流未已。翠光围住玉壶秋，不放晴雷度山趾。道人宴坐无生灭，炯炯层胸照冰雪。夜深出定汲清泠，寒猿啼断西岩月。

岑安卿

题晴川图

清溪潾潾生浅花，晓日倒射摇金沙。翩然双鹭下危石，玉雪照影无纤瑕。溪边小景入图画，青烟绿树渔翁家。渔翁归来歌未终，鹭鸶忽起芦花风。回眸遥望不可极，但见白玉飞青空。昔年夜宿潇湘浦，彻晓不眠听急雨。解衣曳杖立沙头，何似今朝得容与？长安马寒泥没腹，雪满朝衣冻肩缩。试令援笔题此图，长篇应赋归来曲。

胡天游

杨花吟

吴江春水拍天涯，江上风吹杨柳花。花飞满空无处所，随风直渡吴江水。渡水随风太有情，萦花惹草恣轻盈。狂如舞蝶穿花径，细逐流莺度绮城。绮城楼阁连天际，杨花飞入千门去。飞去飞来稍觉多，纷纷如雪奈君何？珠帘绣箔深深见，舞榭妆楼处处过。楼中美人春睡起，愁见杨花思荡子。荡子飘零去不归，杨花岁岁点春衣。梦魂不识天涯路，愿作杨花片片飞。

周伯琦

天马行应制作并序

至正二年，岁壬午七月十有八日，西域拂郎国遣使献马一匹，高八尺三寸，修如其数而加半，色漆黑，后二蹄白，曲项昂首，神俊超逸，视它西域马可称者，皆在髃下。金辔重勒，驭者其国人，黄须碧眼，服二色窄衣，言语不可通，以意谕之，凡七度海洋，始达中国。是日天朗气清，相臣奏进，上御慈仁殿，临观称叹。遂命育于天闲，饲以肉粟酒湩。仍敕翰林学士承旨臣巎巎，命工画者图之，而直学士臣揭傒斯赞之。盖自有国以来，未尝见也。殆古所谓天马者邪！承诏赋诗，题所图画。臣伯琦谨献诗曰：

飞龙在天今十祀，重译来庭无远迩。川珍岳贡皆贞符，神驹跃出西洼水。拂郎蕞尔不敢留，使行四载数万里。乘舆清暑滦河宫，宰臣奏进阊阖里。昂昂八尺阜且伟，首扬渴乌竹批耳。双蹄县雪墨渍毛，疏骏拥雾风生尾。朱英翠组金盘陀，方瞳夹镜神光紫。耸身直欲凌云霄，盘辟丹墀却闲颀。黄须圉人服龙诡，弹鞚如萦相诺唯。群臣俯伏呼万岁，初秋晓霁风日美。九重洞启临轩观，衮衣晃耀天颜喜。画师写仿妙夺神，拜进御床深称旨。牵来相向宛转同，一入天闲谁敢齿？我朝幅员古无比，朔方铁骑纷如蚁。山无氛祲海无波，有国百年今见此。昆仑八骏游心侈，茂陵大宛黩兵纪。圣皇不却亦不求，垂拱无为静边鄙。远人慕化致壤奠，地角已如天尺只。神州苜蓿西风肥，收敛骄雄听驱使。属车岁岁幸两京，八鸾承御壮瞻视。驺虞麟趾并乐歌，越雉旅獒尽风靡。乃知感召由真龙，房星孕秀非偶尔。黄金不用筑高台，髦俊闻风一时起。愿见斯世皞皞如羲皇，按图画卦复兹始。

张宪

白苎舞词

吴宫美人青犊刀，自裁白苎制舞袍。轻云冉冉白胜雪，激楚一曲回风高。九雏凤钗篸紫玉，长裾窄腰莲步促。翩翻素袖启朱樱，金笼鹦鹉飞来熟。馆娃楼阁摇春晖，台城少年醉忘归。璚窗绮户锁风色，桃树日长蝴蝶飞。倾城独立世希有，罢吟渌水停杨柳。急管繁弦莫苦催，真珠剩买乌程酒。

二月八日游皇城西华门外观嘉孥弟走马歌

春风压城紫燕飞，绣鞍宝勒生光辉。软沙青草平似镜，花雨满巾风满衣。潜蛟双绾玉抱肚，朱鬣分光散红雾。金龙五爪蟠彩袍，满背真珠撒秋露。生猿俊健双臂长，左脚蹋镫右蹴缰。铜铙四扇绕十指，玉声珠碎金琅珰。黄蛇下饮电掣地，锦鹰打兔起复坠。袖云突兀鞍面空，银瓮驼囊两边缒。西宫彩楼高插天，凤凰缭绕排神仙。玉皇拍阑误一笑，不觉四蹄如迸烟。神驹长鸣背凝血，郎君转面醉眼缬。天恩剪下五色云，打鼓归来汗如雪。

北庭宣元杰西番刀歌

此刀乃江浙平章教化公征淮西所佩者。

金神起持水火齐，煅炼阴阳结精锐。七月七日授冶师，手作钳锤股为砺。一千七百七十锋，脊高体狭刀口洪。龙飞蛟化岁月久，阮师旧物今无踪。呱哇绣镔柔可曲，东倭纯钢不受触。贤侯示我西番刀，名压古今刀剑录。三尖两刃圭首圆，剑脊黦黦生黑烟。朱砂斑痕点人血，雕青皮软金钩联。唐人宝刀夸大食，于今利器称米息。十年土涮松纹生，戎王造时当月蚀。平章遗佩固有神，朱高固始多奇勋。三公重器不虚授，往继王祥作辅臣。

杨维桢

鸿门会

天迷关，地迷户，东龙白日西龙雨。撞钟饮酒愁海翻，碧火吹巢双猰貐。暗言范增、项庄。照天万古无二乌，残星破月开天余。此言沛公当独王天下，羽不得分也。座中有客天子气，左股七十二子连明珠。军声十万振屋瓦，拔剑当人面如赭。将军下马力拔山，气卷黄河酒中泻。剑光上天寒彗残，明朝画地分河山。将军呼龙将客走，石破青天撞玉斗。

庐山瀑布谣并序

甲申秋八月十六夜，予梦与酸斋仙客游庐山，各赋诗，酸斋赋彭郎词，予赋瀑布谣。

银河忽如瓠子决，泻诸五老之峰前。我疑天仙织素练，素练脱轴垂青天。便欲手把并州剪，剪取一幅玻璃烟。相逢云石子，有似捉月仙。酒喉无耐夜渴甚，骑鲸吸海枯桑田。居然化作十万丈，玉虹倒挂清泠渊。

张　昱

过歌风台

世间快意宁有此，亭长还乡作天子。沛宫不乐复何为？诸母父兄知旧事。酒酣起舞和儿歌，眼中尽是汉山河。韩彭受诛黥布戮，且喜壮士今无多。纵酒极欢留十日，感慨伤怀涕沾臆。万乘旌旗不自尊，魂魄犹为故乡惜。从来乐极自生哀，泗水东流不再回。万岁千秋谁不念，古之帝王安在哉？莓苔石刻今如许，几度秋风灞陵雨。汉家社稷四百年，荒台犹是开基处。

倪　瓒

刘君元晖八月十四日邀余玩月快雪斋中，命余诗，因赋

卷帘见月形神清，疑是山阴夜雪明。长歌欲觅剡溪戴，怅然停杯远恨生。尔营茅斋名快

雪，邀我吹笙弄明月。明星如银浮翳消，垂露成帷桂花发。酒波荡漾天河倾，笙声袅袅秋风咽。古人与我不并世，鹤思鸥情迴愁绝。

周霆震

古金城谣并序

国家承平百年，武备寖弛，盗发徐、颍，炽于汉、淮、武昌，南纪雄藩，一旦灰灭，洪省坚壁。寇蔓延诸郡，水陆犬牙。北来名将，相继道殒。丞相出督步骑，直抵高邮，事垂成，以谗废。方面多贵游子弟，贪鄙庸才，虚张战功，肆意罔上，诛求冤滥，惨酷百端，重以吏习舞文，旁罗鹰犬，意所欲陷，即诬与贼通，其弊有不忍言者。间存一二廉介，则又矜独断，昧远图，坐失机会。民日以敝，盗日以滋。庐、寿、舒三州，屏蔽上流，庐、寿既没，舒独当锋镝之冲。至正十年壬申，进士余阙以淮西元帅之节来镇，广设方略，招徕补葺，备战守，丰军储，贼饮恨不得逞。朝廷嘉其功，授淮南参知政事。自是日与贼遌，受围凡四十有二，大小二百余战。江西赖以苟安。坐视弗援，十八年正月丙午，城遂陷。公一门争先赴死，阖郡无一生降。贼党举手加额，称余元帅天下一人，购得其尸城下池中，礼葬之。伤哉！寄痛哭于长歌，使后人哀也。

昆仑烈风撼坤轴，日车敛辔咸池浴。六龙饮渴呼不闻，赤蚍玄蜂厌人肉。荆襄弗支庐寿孤，江东扫地如摧枯。忠臣当代谁第一？七载舒州天下无。东南此地关形胜，天柱之峰屹千仞。当年赤壁走曹瞒，天为孙吴产公瑾。我公千载遥相望，崎岖恒以弱击强。孤城大小二百战，食尽北拜天无光。当关援剑苍龙吼，尽室肯污奸党手。摧锋阖郡无生降，群盗言之皆稽首。堂堂省宪罗公卿，建官分阃日募兵。哀哉坐视无寸策，遂使流血西江平。向来不晓皇穹意，名将南征死相继。一时贪暴聚庸才，玩寇偷安饕富贵。河流浩浩龙门西，燕山万骑攒霜蹄。英雄暴骨心未死，去作海色催朝鸡。玉衣飞舞空中见，太息孤忠鏖百战。五陵元气待天还，睢阳谁续中丞传？

杨　奂

金谷行

洛阳园池天下无，金谷近在西城隅。晋时花草不复见，野人犹解谈齐奴。齐奴豪奢谁比数，酒醒爱击珊瑚株。后堂春风满桃李，中有一枝名绿珠。千金买步障，百金买氍毹。时时吹笛替郎语，云窗雾户长欢娱。层阶欲下须人扶，岂料一日能捐躯。红飞玉碎顷刻里，空使行客悲踌躇。楼头小妇感恩死，君臣大义当何如？

陈孚

河间府

北风河间道，沙飞云浩浩。上有衔芦不鸣之寒雁，下有陨霜半死之秋草。城外平波青黛光，大鱼跳波一尺长。牧童吹笛枫叶里，疲牛倦马眠夕阳。有禽大如鹤，红喙摇绿烟。路人指我语，似是信天缘。我生功名付樽酒，衣如枯荷马如狗。为问天缘可信否？旗亭击剑寒蛟吼。

居庸叠翠

断崖万仞如削铁，鸟飞不度苔石裂。嵯岈枯木无碧柯，六月太阴飘急雪。寒沙茫茫出关道，骆驼夜吼黄云老。征鸿一声起长空，风吹草低山月小。

邕州

左江南下一千里，中有交州堕鸢水。右江西绕特磨来，鳄鱼夜吼声如雷。两江合流抱邕管，莫冬气候三春暖。家家榕树青不雕，桃李乱开野花满。蝮蛇挂屋晚风急，热雾如汤溅衣湿。万人冢上蛋子眠，三公亭下鲛人泣。驿吏煎茶茱萸浓，槟榔口吐猩血红。飒然毛窍汗为雨，病骨似觉收奇功。平生所持一忠壮，荒峤何殊玉阶上。明年归泛两江船，会酌清波洗炎瘴。

傅若金

邯郸行

邯郸城头下白日，邯郸市上风萧瑟。故垒空余乌雀悲，荒垣只见狐狸出。何王坟墓对山阿，尚忆诸侯征战多。赵客归来重毛遂，秦军老去畏廉颇。黄尘白草宫前道，鬼火如灯夜相照。公子秋来不见过，美人月下那闻笑。当时冠盖激浮云，挝钟考鼓宴青春。只今惟有邮亭树，还送年年行路人。

王士熙

送华山隐归西湖故居

方士求仙入沧海，十二城楼定何在？金铜移盘露满天，琪树离离人不采。轩辕高拱圣明居，群仙真人左右趋。青牛谷口迎紫气，白鹤洞中传素书。珊珊鸣佩星辰远，寂寂珠庭云雾虚。修髯如漆古仙子，玉林芙蓉染秋水。九关高塞不可留，归去江湖种兰芷。山头宫殿风玲珑，玄猱飞来千尺松。閒房诵经钟磬响，石壁题诗苔藓封。欲向君王乞祠禄，安排杖屦来相从。

成廷珪

江南曲

吴姬当垆新酒香，翠绡短袂红罗裳。上盆十千买一斗，三杯五杯来劝郎。落花不解留春住，似欲随郎渡江去。酒醒一夜怨啼鹃，明日兰舟泊何处？

长江送别图送周平叔之通州丞

福山苍苍倚天碧，狼山峥峥生铁色。两山当江作海门，力尽神鞭驱不得。沧波万里从西来，楚尾吴头天一壁。阴风转地鲸怒翻，黑雾连空龙起立。来舟去楫不敢动，袖手旁观唯叹息。扶桑浴日飞上天，百怪潜消杳无迹。水光镜净山亦佳，目送云帆高百尺。青霄要路君既官，白首穷涂我犹客。烟中隐隐见孤城，令我思乡心转剧。骊驹歌罢将奈何，倚杖江南望江北。

刘永之

送罗与敬归西昌

石龙矶畔多芳草，游子忆家春已老。水北杨花扑地飞，旁人谩道飞花好。爱子不忍别，送子到水濆。青天孤影飞黄鹄，落日长风吹断云。朝发铜塘津，莫宿青泥渡。帆过孝通祠，渐是西昌路。金鱼洲远树青青，三顾浮烟生杳冥。石扶坏道通高阁，水啮危沙见古城。君家正在何方住？独有园庐俯江渚。昨夜深闺梦远人，相思定倚樱桃树。

谢应芳

送李彦明归高邮

老夫归从东海头，春风送客归秦邮。出门复睹雁北乡，物我喜得同悠悠。吴船鼓棹渡江去，乌轮正挂扶桑树。桃花倚岸笑相看，杜宇催人啼不住。征袍十年尘土多，濯缨今年沧浪歌。一百五日寒食雨，三十六湖春水波。文游台榭剪荆棘，继美前修集佳客。谁能唤起老龙眠，重写耳孙湖上宅。

汪克宽

题道士张湛然弹琴诗卷

峄山白桐千年枝，金星烂烂蛇蚹皮。文光七轸蓝田玉，冰弦细绕吴蚕丝。丹山云暖凤皇语，露草寒蛩诉秋雨。娥英泣洒湘筠斑，迁客相逢话羁旅。翠岩悬瀑锵琼瑶，雷霆霹雳轰层霄。瞥波细萍浮荡漾，劈空轻絮飞飘飖。仙林唳鹤惊离别，老龙湫底吟寒月。海门送上子胥潮，澎湃奔腾卷残雪。羽人潇洒颜如仙，冯虚来往黄山巅。古音净洗筝琶耳，何须更濯丹砂泉？

朱希晦

客邸中秋对月

去年中秋秋月圆，浩歌对酒清无眠。烟霏灭尽人境寂，仰看明月悬中天。今年客里中秋月，静挹金波更清绝。可怜有月客无酒，不照欢娱照离别。夜阑淅淅西风凉，月中老桂吹天香。悠然长啸动归兴，坐久零露沾衣裳。浮世悲欢何足数？庾楼赤壁俱尘土。风流已往明月来，山色江声自今古。

周　砥

新郭

泛舟越来溪水旁，溪边暮色何苍苍？主人张筵挥羽觞，吴姬唱歌声抑扬。船尾挑灯大鱼出，船头洗觥秋波凉。夜如何其夜未央，万壑不起星煌煌。酒阑客过别船去，木叶萧萧下如雨。船中醉卧忘西东，睡觉犹闻梦中语。此时月落天将曙，隔屋鸡啼欲起舞。西风满天鸿雁声，瑟瑟菰蒲响秋渚。

元诗别裁集卷四

五言律

元好问

少室南原

地僻人烟断，山深鸟语哗。清溪鸣石齿，暖日长藤芽。绿映高低树，红迷远近花。林间见鸡犬，直拟是仙家。

九月晦日王村道中

水涸沙仍湿，霜余草更幽。烟光藏落景，山骨露清秋。坐食知何益，行吟只自愁。随阳见鸿雁，三叹惜淹留。

八月并州雁三乡时作。

八月并州雁，清汾照旅群。一声惊晚笛，数点入秋云。灭没楼中见，哀劳枕畔闻。南来还北去，无计得随君。

乙卯十一月往镇州

村静鸟声乐，山低雁影遥。野阴时滉朗，冷雨只飘萧。涉远心先倦，冲寒酒易消。红尘忘南北，渺渺见长桥。

方　回

治圃杂书

芍药抽红锐，荼蘼缒绿长。几家蚕落纸，比屋燕分梁。谷雨深春近，茶烟永日香。诗成懒磨墨，拄杖画苔墙。

戴表元

苕　溪

六月苕溪路，人言似若邪。渔罾挂棕树，酒舫出荷花。碧水千塍共，青山一道斜。人间无限事，不厌是桑麻。

黄庚

西州即事

一雨洗空碧，江城独倚楼。山吞残日没，水挟断云流。灯影深村夜，钟声古寺秋。西州旧游地，十载此淹留。

春日即事

扶杖行幽径，园林欲莫天。锦棠红濯雨，丝柳绿缫烟。春事忽三月，风光又一年。客怀正愁绝，那复听啼鹃。

书山阴驿

迢递三山道，重来感旧游。潮声寒带雨，山色淡生秋。寄驿通乡信，题诗记旅愁。江湖十年客，两度到西州。

鹤林仙坛寺

古坛归鹤杳，野鹿自成群。岚气浮清晓，钟声出白云。树穿僧屋老，水到寺门分。人世无穷事，山中了不闻。

尹廷高

长芦舟中夜坐

故国五千里，孤帆四十程。客怀偏浩荡，乡梦不分明。万折河流曲，三更斗柄横。不眠方宴坐，野寺又钟声。

赵孟頫

鱼乐楼

楼下南来水，清泠百尺深。菰蒲终夜响，杨柳半溪阴。日月驱人世，江湖动客心。向来歌舞宴，达晓看横参。

大都遇平江龙兴寺僧闻上，座话唐綦毋潜宿龙兴寺诗，因次其韵

闻说龙兴寺，多年未款扉。风林发松籁，雨砌长苔衣。殿古灯光定，房深磬韵微。秋风动归兴，一锡向空飞。

袁桷

赠瑛上人住洞林

托钵千岩里，松花冻未开。哀猿依讲席，饥乌下生台。潭影留云定，钟声送月回。山中太古雪，为寄一瓢来。

马祖常

送董仁甫之西臺幕

西南万里地，诏属大行臺。秦树浮天去，巴江带雪来。山河无用险，邦国正需才。臺幕风流美，书签想尽开。

贡奎

枪竿岭

薄宦辞家远，经秋未得归。直随山北去，却背雁南飞。川净白云起，郊平红树微。忆曾留宿处，立马认还非。

许有壬

荻港早行

水国宜秋晚，羁愁感岁华。清霜醉枫叶，淡月隐芦花。涨落高低路，川平远近沙。炊烟青不断，山崦有人家。

虞　集

寄丁卯进士萨都剌天锡镇江录事宣差。

江上新诗好，亦知公事闲。投壶深竹里，系马古松间。夜月多临海，秋风或在山。玉堂萧爽地，思尔佩珊珊。

范　梈

卢师东谷怀城中诸友

契阔遽如许，淹留空复情。天遥一鹤上，山合百虫鸣。异俗嗟何适？冥栖得此生。平居二三子，今夜隔重城。

揭傒斯

黄尊师高轩观鹅因留宿

开轩南岳下，世事未曾闻。落叶常疑雨，方池半是云。偶寻骑鹤侣，来此看鹅群。一夜潺湲里，秋光得细分。

衡山县晓渡

古县依江次，轻舆落岸隈。鸟冲行客过，山向野船开。近岳皆云气，中流忽雨来。何时还到此，明月照沿洄。

黄溍

寄方韶文先生

牢落江南赋，知音寄渺茫。鹿麋行处有，芝草梦中香。遥兴沧溟阔，悲歌白发长。平生今古泪，滴破绿萝裳。

初至宁海二首

地至东南尽，城孤邑屡迁。行山云作路，累石海为田。蜃炭村村白，棕林树树圆。桃源名更美，何处有神仙？

缥缈蛟龙宅，风雷隔杳冥。人家多面水，岛屿若浮萍。煮海盐烟黑，淘沙铁气腥。停骖方问俗，渔唱起前汀。

柳贯

同杨仲礼和袁集贤上都诗

出塞行瞻日，趋朝喜近天。离宫开苑囿，驰道绝风烟。瑶水巡非远，峒山历更绵。甘泉多法从，献赋忆当年。

昔建寰中业，初开徼外山。雉城平兀兀，沙水净湾湾。朱夏宸游正，清秋武卫闲。叨陪文学乘，空愧鬓毛斑。

幄殿层云障，辕门积雪峰。奇鹰皆戴角，御马尽飞龙。瀚海将临幸，云亭望陟封。青丘大羽猎，有事待玄冬。

水草方方善，弓弧户户便。合围连妇女，从戍到曾玄。雪毳千家帐，冰瓢百眼泉。浚稽山更北，长望斗光悬。

萨都剌

用韵寄龙江

之子金山去，梅天雾气沉。海风吹浪急，江雨入楼深。火尽无茶味，更长过烛心。明朝好晴色，应是寄新吟。

送人之浙东

我还京口去，君入浙东游。风雨孤舟夜，关河两鬓秋。出江吴水尽，接岸楚山稠。明日相思处，惟登北固楼。

闽中苦雨

病客如僧懒，多寒拥毳裘。三山一夜雨，四月满城秋。海瘴连云起，江潮入市流。钓竿如在手，便可上渔舟。

送南臺从事刘子谦之辽东

往复一万里，嗟君已两行。朔风吹野草，寒日下边城。策马犯霜雪，逢人问路程。归期在何日？应是近新正。

山中怀友

自是麒麟种，卑栖又几年。故庐南雪下，短褐北风前。岁莫山林瘦，天高雨露偏。惟应丈夫志，未受故人怜。

游梅仙山和唐人韵

仙人不可见，借鹤过仙家。夜卧千峰月，朝餐五色霞。祠空风扫叶，人去鹿衔花。归隐知何日？分炉学炼砂。

宋　无

李翰林墓二首

嗜酒傲明时，何因贺监知？承恩金马诏，失意玉环词。名与三间并，身将四皓期。匡山有书读，应亦叹归迟。

一骑紫鲸去，空掩谢山茔。落月今谁吊？长庚夜自明。乾坤沉秀气，江水带哀声。天上多官府，文章不可轻。

南峰宴坐僧

空岩槁木形，入定掩松扃。鹊供衔来果，猿看诵罢经。云霞埋衲重，苔藓上鞋青。只有樵人识，曾因采茯苓。

铜陵五松山中

樵声闻远林，流水隔云深。茅屋在何处？桃花无路寻。身黄松上鼠，头白竹间禽。应有仙家住，避秦来至今。

寄题无照西园

近地栖禅室，祇园草木薰。鞋香花洞雨，衣润石阑云。松吹和琴杂，茶烟到树分。遥知道林辈，来此论玄文。

张　翥

丹青小景山水

沙禽毛羽新，来往采桑津。野水碧于草，桃花红照人。徘徊远山莫，窈窕江南春。芳思不可极，悠然怀钓纶。

迺　贤

南城咏古

落日燕城下，高台草树秋。千金何足惜，一士固难求。沧海谁青眼？空山尽白头。还怜易河水，今古只东流。黄金台。

梦断朝元阁，来寻卖酒楼。野花迷辇路，落叶满宫沟。风雨青城暮，河山紫塞愁。老人头雪白，扶杖话幽州。寿安殿今为酒家寿安楼。

吴师道

题官舍壁

官舍千峰里，迎秋气已清。池烟明鹤影，林雨断蝉声。红惜芙容落，青怜薜荔生。今朝少公事，吟啸且怡情。

周　权

郭外

郭外人家少，鱼村扬酒旗。江云低压树，沙竹细穿篱。地暖梅花早，天寒潮信迟。夕阳烟景外，倚杖立移时。

意行

略彴三家市，溪回野路分。轻暾晞竹露，宿雨落松云。山寺依岩见，村舂隔坞闻。欣欣农事集，聊得狎鸥群。

方　澜

石门晓行

风高木叶脱，从此晓寒新。积雨见初日，远山如故人。烟村一苇渡，野寺数家邻。独念行藏异，沙鸥未我驯。

卢琦

游洞岭寺

古寺藏烟树，岩扉昼不扃。日高花散影，风定竹无声。稚子添香火，闲僧阅藏经。新诗吟未就，独向殿阶行。

黄镇成

铅山早行

早起辞林馆，邻鸡已再嗥。月弦当户直，斗柄插山高。细湿侵藜杖，轻寒袭布袍。前趋东日上，五色动云涛。

周伯琦

九月一日还自上京途中纪事

北口七十二，居庸第一关。峭厓屏列翠，急涧玉鸣环。佛阁腾云雾，人家结市阛。马前军吏候，使节几时还？

纪行诗

车坊尚平地，近岭昼生寒。拔地数千丈，凌空十八盘。飞泉鸣乱石，危磴护重关。俯视人寰隘，真疑长羽翰。

万幕悬崖下，高低疏复稠。阙墙联虎卫，幄殿耸龙楼。榆柳清长昼，槐松飒早秋。威容隆古昔，神武镇中州。

张宪

寄中山隐讲师

问讯山中隐，中山第几重？风廊巡夜虎，云钵听经龙。流水千溪月，寒岩一树松。无因净渣滓，来共上堂钟。

倪　瓒

荒村

踽踽荒村客，悠悠远道情。竹梧秋雨碧，荷芰晚波明。穴鼠能人拱，池鹅类鹤鸣。萧条阮遥集，几屐了余生？

垂虹亭

虚阁春城外，澄湖莫雨边。飞云忽入户，去鸟欲穷天。林屋青西映，吴松碧左连。登临感时物，快吸酒如川。

题画赠王仲和

曾住南湖宅，于今已十年。丛筠还自翳，乔木故依然。雨杂鸣渠溜，云连煮朮烟。何时重相过？烂醉得佳眠。南湖，陆玄素高士幽居，今王君仲和居之，水木清华，户庭幽邃。余尝寓其家四年，倏然忘世虑也。仲和以此帧素画竹石，画已，并诗其上，以写惓惓之怀。玄素，仲和外舅也，故尤感余故人之思。乙巳初月十七日。

桂花

桂花留晚色，帘影淡秋光。靡靡风还落，菲菲夜未央。玉绳低缺月，金鸭罢焚香。忽起故园想，泠然归梦长。

郭钰

秋望

长啸动岩壑，秋风生满林。片云随雁度，疏雨约蝉吟。燕马关山远，吴船岁月深。归来苏季子，何用苦多金？

忆从弟铎

忆昨王师捷，还乡近五年。艰危惟我共，俯仰得谁怜？茅屋秋风里，烽烟夕照边。乱离今转甚，思尔只高眠。

叶颙

日暮江村杂兴

钓艇已收缗，无人深闭门。云生沙上石，月出水南村。寂寞寒潮远，微茫烟浪昏。孤舟中夜笛，感慨动吟魂。

丁鹤年

武昌南湖度夏

南浦幽栖地，当门罨画开。青山入云去，白雨渡湖来。石润生龙气，用光媚蚌胎。芙蕖三百顷，何处著炎埃？

白　珽

馀杭四月

四月馀杭道，一晴生意繁。朱樱青豆酒，绿草白鹅村。水满船头滑，风轻袖影翻。几家蚕事动，寂寂昼门关。

龚　璛

郡楼

久客有远思，肩舆登郡楼。聊为避暑饮，更学御风游。叠翠城南面，双虹水北流。流将五湖去，叶叶采蘋舟。

吾丘衍

次韵谢钱翼之

笔翰西臺妙，文章五凤楼。美才须比玉，直道岂如钩。吴苑辞春色，江风散旅愁。吾庐正萧飒，二仲得羊求。

杨奂

得邳大用书复寄

百年真梦寐，万国久风尘。老去偏相忆，书来恨不频。季鹰犹在洛，王粲未归秦。谷口知何似？他时愿卜邻。

何中

南居寺

闭户未从容，出门谁适从？聊随碧溪转，忽与白鸥逢。小雨十数点，淡烟三四峰。峰峰看不足，山寺已鸣钟。

饶州道上

新晴破积阴，淑气泛行襟。千里山河眼，百年耆旧心。霞飞沧海远，烟入绿村深。学剑江东者，茫茫不可寻。

陈家源

翠雾断崖侧，丹霞流水西。竹从幽处密，松自古来欹。落叶半藏路，清风时满溪。仙家元不远，未许众人知。

立秋夕作

但觉焦原苦，何当沛泽流？夕风微报响，古木暗藏秋。未事冥难测，闲心远作愁。乱山高下碧，烟霭淡浮浮。

辛亥元夕二日

顽坐故贪默，忽行时自言。寒沙梅影路，微雪酒香村。时序鬓发改，人家童稚喧。街头试灯候，不到郭西门。

傅若金

衡湘驿

烽火连诸郡，旌旗转百蛮。野莺先客至，江雁及春还。吴楚青天迥，潇湘白日闲。登临慰怀抱，况复近乡关。

金陵晚眺

金陵古形胜，晚望思迢遥。白日余孤塔，青山见六朝。燕迷花底巷，鸦散柳阴桥。城下秦淮水，年年自落潮。

送云间师游浙

杖锡违萧水，风帆向武林。海红秋树远，江黑莫钟深。云起通香气，潮来合梵音。亦知无住著，随处得安心。

雅琥

送赵宗吉编修代祀西岳

北上函香去，西南致礼勤。蜀山千丈雪，秦岭万重云。驿骑鸣金勒，宫袍粲锦文。白头抱关吏，自羡识终军。

成廷珪

登望江亭

长江不可极，岸帻独登临。潮信自朝暮，山光无古今。碑亭流水涸，辇路积苔深。欲写兴亡恨，西风万叶吟。

庞山湖泛舟过甯伯让庄所

湖上足清昼，雨余生绿阴。扁舟到城近，曲港入村深。野叟频相问，郎君不可寻。西庵肯分席，吾亦老山林。

夜过吴江圣寿寺宿复中行方丈

刘诜

深夜扣禅扃，天寒月在庭。鸟栖惊后树，僧掩读残经。蔓草风吹白，枇杷雪洗青。对床听法语，心孔愈惺惺。

对客暮坐

危坐高斋夕，东来喜友生。空庭疏雨后，四壁乱蛩鸣。烛至瓶花落，秋凉架药轻。西头动刀尺，淡月上檐楹。

薛汉

湖上

一舸泛霜晴，湖波寒更清。平堤连野色，远市合春声。尘土浪终日，山林负半生。回头夕阳外，烟渚白鸥轻。

吴景奎

过临平

舟过临平后，青山一点无。大江吞两浙，平野入三吴。逆旅愁闻雁，行庖只鲙鲈。风帆如借便，明日到姑苏。

曹文晦

九月一日清溪道中

老树依沙岸，柴门上下邻。断桥归郭路，细雨过溪人。白鹭双飞去，黄花数点新。惜无遗世友，联句坐苔茵。

郑韶

送僧归严陵

春船上濑急，归路石溅溅。白石百花静，清江初月圆。偶逢林下叟，为话竹间禅。明发遥相忆，青山生莫烟。

题宋氏绿野庄

刘永之

莫泊兰陵郡，朝过绿野庄。飞花渡江阔，垂柳荫门长。扫地春阴合，梳头荷气凉。几时重著屐，来此话沧浪。

和杨伯谦韵

酌酒长松下，垂萝拂酒杯。异禽窥药鼎，乳鹿卧书台。涧水穿林去，山云带雨回。相期同结屋，不厌野人来。

金涓

云门道中

三月山南路，村村叫杜鹃。白云千嶂晓，斜月一溪烟。水冷长松井，春香小荠田。何时移别业？来往绣湖边。

麻　革

渡洛

泉石经行久，林丘弭望间。溪鸣风荡水，谷暗雨含山。淡淡轻鸥没，飞飞倦鸟还。世缘良自苦，空羡野云闲。

卢　挚

青华观西轩

琳宇夏天晓，官曹今日闲。深松欲无路，疏竹不遮山。静对黄冠语，时看白鸟还。平生林壑趣，聊复此窗间。

陈德永

暮春

山馆青春老，溪扉白露斜。微风起新絮，小雨落余花。蜜满蜂登课，泥香燕作家。物情犹好在，人事益纷拏。

潘　纯

题豫章杨季子水北山房

旧闻杨季子，水北有山房。竹色长年绿，松阴五月凉。雨丝深钓渚，风帙散书床。亦欲相从去，江波不可航。

许　恕

田舍写怀

开荒临水驿，草蔓一何深！细雨滋牛力，新晴慰客心。稍看田野辟，不畏虎狼侵。麦饭香连屋，归耕傍绿阴。

瞿　智

送于彦成归越次郯九成韵

匡山于外史，上越有归舟。久负江湖约，宁知岁月流。琼书天上鹤，渌水镜中鸥。一曲真幽绝，当追贺监游。

元诗别裁集卷五

七言律

元好问

横波亭为青口帅赋

孤亭突兀插飞流，气压元龙百尺楼。万里风涛接瀛海，千年豪杰壮山丘。疏星淡月鱼龙夜，老木清霜鸿雁秋。倚剑长歌一杯酒，浮云西北是神州。

颍亭

颍上风烟天地回，颍亭孤赏亦悠哉。春风碧水双鸥静，落日青山万马来。胜概销沉几今昔，中年登览足悲哀。远游拟续骚人赋，所惜匆匆无酒杯。

被檄夜赴邓州幕府

幕府文书鸟羽轻，敝裘羸马月三更。未能免俗私自笑，岂不怀归官有程？十里陂塘春鸭阔，一川桑柘晚烟平。此生只合田间老，谁遣春官识姓名？

出都

汉宫曾动伯鸾歌，事去英雄可奈何！但见觚棱上金爵，岂知荆棘卧铜驼？神仙不到秋风客，富贵空悲春梦婆。行过芦沟重回首，凤城平日五云多。

寄刘继先

清霜茅屋耿无眠，坐忆分携一慨然。楚客登临动归兴，谢公哀乐感中年。凄凉古驿人烟外，迤逦荒山雪意边。千树春风水杨柳，待君同系晋溪船。

送樊顺之

弓刀十驿岳莲州，渭水秦山得意秋。王粲从军正年少，庾郎入幕更风流。寒乡况味真鸡肋，清镜功名属虎头。寄谢溪风亭上月，老夫乘兴欲西游。

刘　因

高亭

高亭云锦绕清流，便是吾家太一舟。山影酒摇千叠翠，雨声窗纳一天秋。襟怀洒落景长胜，云影空明天共游。笑向白鸥问尘世，几人曾信有沧洲？

夏日饮山亭

借住郊园旧有缘，绿阴清昼静中便。空钩意钓鱼亦乐，高枕卧游山自前。露引松香来酒盏，雨催花气润吟笺。人来每问农桑事，考证床头种树篇。

牟巘

和刘朔斋海棠

人物当今第一流，以花为屋玉为舟。晓妆未许褰帏看，夜醉何妨秉烛游。锦里宣华思旧梦，黄州定慧起新愁。何如归伴徐公饮，稳结一巢花上头。

戴表元

陪阮使君游玉几

花满车茵酒满船，乱云堆里访枯禅。林深何处无芳草，人静有时闻杜鹃。神屋昼飞青䗖蝀，灵潭阴罩赤蜿蜒。居然悟得松风梦，回首庐山二十年。

十月朔旦寄贵白兄弟

黄牛村前秋叶飞，青螺峰外海云归。故人相思雪满鬓，客子独行风举衣。乌鹊定占谁屋喜，鲈鱼知比去年肥。当时歌酒江湖上，百里音书今亦稀。

方　夔

田家杂兴二首

樵路通村暗蒺藜，数椽茅蕝护疏篱。阴阴清樾风生树，拍拍苍鹅水满陂。记日旋锄烧地粟，上时新卖落车丝。晚晴惭愧逢端午，醉卧黄昏自不知。

两两苍髯笑杖藜，蒨裙儿女隔笆篱。斜阳鸦噪烧钱社，细雨牛眠放牧陂。酒熟十千沽玉盌，面香三丈卷银丝。客来偶及兴亡事，说与衰翁也自知。

晚眺

依稀风景小羌村，不欠东屯稻蔬园。阿魏捣香风送响，雕胡擘玉水开痕。招邀紫翠山当座，标拨红黄菊上盆。世上去来俱是客，随风吹送梦归魂。

熊　钚

越州道中

野田秋溜正潺潺，新翠乔林绕舍环。淡日凝烟横别浦，斜风吹雨过前山。柴扉初放牛羊出，渔艇方携蟹蛤还。自笑平生爱游览，天教长在水云间。

陈　深

次韵子封承之游桃花坞

阊门行乐送韶华，闲访城阴野老家。黄蝶得晴飞菜叶，翠禽隔浦啄桃花。衡门倒屣临官路，古渡横舟阁浅沙。亦有诗人时一到，醉吟行尽夕阳斜。

袁易

与师言客钱塘凡三月余，师言归后作诗奉寄

灯花犹记别时红，为报君归我亦东。岂意黄尘迷瘦马，尚淹青眼送飞鸿。群山积雪清相射，千树寒梅望欲空。何逊扬州才思减，试烦妙语唤春风。

春雨漫兴

日日春阴只欲眠，强寻南陌复东阡。犹残碧树花多少，莫惜金尊酒十千。象管乌丝题往事，玉箫锦瑟负华年。愁来只对西山坐，卷起疏帘翠接天。

江上平芜望欲迷，江边密雨细如丝。冥冥白昼飞花急，漠漠青林度鸟迟。春事又当三月莫，人生那得百年期？谁能苦惜缠头锦，唤起娇娆舞柘枝。

郝经

老马

百战归来力不任，消磨神骏老骎骎。垂头自惜千金骨，伏枥仍存万里心。岁月淹延官路

杳，风尘荏苒塞垣深。短歌声断银壶缺，常记当年烈士吟。

落花

彩云红雨暗长门，翡翠枝余萼绿痕。桃李东风蝴蝶梦，关山明月杜鹃魂。玉阑烟冷空千树，金谷香销谩一尊。狼籍满庭君莫扫，且留春色到黄昏。

王恽

过沙沟店

高柳长涂送客吟，暗惊时序变鸣禽。清风破暑连三日，好雨依时抵万金。远岭抱枝围野色，行云随马弄轻阴。摇鞭喜入肥城界，桑柘阴浓麦浪深。

程钜夫

寄郑信卿参政

阙下相看未忍分，过门谁料不逢君。竟参华省江南去，定有新声天上闻。夜静每劳瞻紫气，春深几欲和停云。豫章台下南归路，何日论心到夕曛？

吴　澄

题阁皂山

汉吴仙迹两峰齐，欲拾瑶华路恐迷。宝殿青红疑地涌，林峦苍翠接天低。九重香案分云篆，八景琅函记玉题。仙鹤翔空清似水，步虚声在朵云西。

元　淮

立春日赏红梅之作

昨夜东风转斗杓，陌头杨柳雪才消。晓来一树如繁杏，开向孤村隔小桥。应是化工嫌粉瘦，故将颜色助花娇。青枝绿叶何须辨，万卉丛中夺锦标。

赵孟頫

和姚子敬秋怀

搔首风尘双短鬓，侧身天地一儒冠。中原人物思王猛，江左功名愧谢安。苜蓿秋高戎马健，江湖日短白鸥寒。金尊绿酒无钱共，安得愁中却暂欢。

闻捣衣

露下碧梧秋满天，砧声不断思绵绵。北来风俗犹存古，南渡衣冠不及前。苜蓿总肥宛騕袅，琵琶曾泣汉婵娟。人间俯仰成今古，何待他时始惘然。

岳鄂王墓

鄂王墓上草离离，秋日荒凉石兽危。南渡君臣轻社稷，中原父老望旌旗。英雄已死嗟何及，天下中分遂不支。莫向西湖歌此曲，水光山色不胜悲。

溪上

溪上东风吹柳花，溪头春水净无沙。白鸥自信无机事，玄鸟犹知有岁华。锦缆牙樯非昨梦，凤笙龙管是谁家？令人苦忆东陵子，拟问田园学种瓜。

次韵信仲晚兴

萧萧残照晚当楼，寒叶疏云乱客愁。岁月蹉跎星北指，乾坤浩荡水东流。古来人物皆黄土，少日心情在一丘。独立无言风满袖，青山相对共悠悠。

次韵王时观

相思吴越动经年，一见情深重惘然。草木变衰人易老，江湖牢落雁难前。秦山半出青天上，禹穴遥临古道边。欲说旧游浑似梦，何时重上剡溪船？

钱唐怀古

东南都会帝王州，三月莺花非旧游。故国金人泣辞汉，当年玉马去朝周。湖山靡靡今犹在，江水悠悠只自流。千古兴亡尽如此，春风麦秀使人愁。

纪旧游

二月江南莺乱飞，百花满树柳依依。落红无数迷歌扇，嫩绿多情妒舞衣。金鸭焚香川上暝，画船挝鼓月中归。如今寂寞东风里，把酒无言对夕晖。

见章得一诗因次其韵

水色清涟日色黄，梨花淡白柳花香。即看时节催人事，更觉春愁恼客肠。无酒难供陶令饮，从人皆笑郦生狂。城南风暖游人少，自在晴丝百尺长。

次韵端文和鲜于伯几所寄诗

画舸西湖到处游，别来飞梦到杭州。百年底用忧千岁，一日相思似几秋。苦忆东南多胜事，空吟西北有高楼。只今赖有刘公幹，时写新诗解客愁。

袁桷

张虚靖圜庵扁曰归鹤次韵

招仙游馆构亭亭，万叠松寒晓日青。玉局讲残春换劫，石台丹在草通灵。红羊赤马悲沧海，白虎苍龙俨大庭。为爱子乔笙鹤美，月凉时许夜深听。

寄史允叟

故国王孙佩碧兰，春云凉月倚朱阑。玉箫曲趁莺声转，金鼎香随蝶梦残。碧沚波清堪把钓，黄尘风急倦弹冠。外家文采惟君在，笑我冰髭跨晓鞍。

马祖常

奉和奥屯都事秋怀

灵河七夕巧云稠，坠露声清夜得秋。月冷桂花飘左界，山寒荔子落东瓯。人怜纨缟裁衣袂，谁借蒲葵剪扇头。竹影近窗砧杵急，梦随南客问行舟。

追和许浑游溪夜回韵

溪水连云过竹间，溪声云影半潺潺。鹤来近屋童看熟，鹭下长松客对闲。每待月痕侵石坞，还期烟色认柴关。人生岂独官为贵，好向君王乞越山。

龙虎台应制

龙虎台高秋意多，翠华来日似鸾坡。天将山海为城堑，人倚云霞作绮罗。周穆故惭黄竹赋，汉高空奏大风歌。西京巡省非行幸，要使苍生乐至和。

张养浩

黄州道中

濯足常思万里流，几年尘迹意悠悠。闲云一片不成雨，黄叶满城都是秋。落日断鸿天外路，西风长笛水边楼。梦回已悟人间世，犹向邯郸话旧游。

虞集

舟次湖口

江沙如雪水无声，舟倚蒹葭雁不惊。霜气隔篷才数尺，斗杓插地已三更。抛书枕畔怜儿子，看剑灯前慨友生。尚有乘桴无限意，催人摇橹转江城。

送袁伯长扈从上京

日色苍凉映紫袍，时巡毋乃圣躬劳。天连阁道晨留辇，星散周庐夜属櫜。白马绵鞯来窈窕，紫驼银瓮出蒲萄。从官车骑多如雨，只有扬雄赋最高。

城东观杏花

明日城东看杏花，丁宁儿子早将车。路从丹凤楼前过，酒向金鱼馆里赊。绿水满沟生杜若，暖云将雨少尘沙。绝胜羊傅襄阳道，归骑西风拥鼓笳。

杨　载

宗阳宫望月分韵得声字

老君台上凉如水，坐看冰轮转二更。大地山河微有影，九天风露寂无声。蛟龙并起承金榜，鸾凤双飞载玉笙。不信弱流三万里，此身今夕到蓬瀛。

题沈君湖山春晓图诗卷

迤逦沙堤接画桥，东风杨柳暗长条。莺随玉笛声偏巧，马受金羁气益骄。舞榭歌台临道路，佛宫仙馆入云霄。西湖春色年年好，底事诗翁叹寂寥。

赠孙思顺

天涯相遇两相知，对榻清谈玉屑霏。芳草谩随愁共长，青春不与客同归。薰风池馆蛙声老，落日帘栊燕子飞。南浦他年重到日，湖山应识谢玄晖。

范　梈

题黄隐居秋江钓月图

旧识先生隐者流，偶因图画想沧洲。断云满路碧窗晚，明月何年青嶂秋。世故风尘双短屐，生涯天地一扁舟。何由白石空矶畔，招得人间万户侯。

揭傒斯

梦武昌

黄鹤楼前鹦鹉洲，梦中浑似昔时游。苍山斜入三湘路，落日平铺七泽流。鼓角沈雄遥动地，帆樯高下乱维舟。故人虽在多分散，独向南池看白鸥。

送詹尊师归庐山

香炉峰色紫生烟，一入京华路杳然。云碓秋闲春药水，雨犁春卧种芝田。书凭海鹤来时寄，剑自潭蛟去后悬。忽报归期惊倦客，独淹微禄负中年。

黄溍

开元宫

谁使藏舟一夕移，红楼翠幕未全非。曾闻帝子乘鸾去，疑有仙人化鹤归。烟径月明瑶草歇，石坛露冷碧桃稀。赤栏桥畔多时立，闲看杨花作雪飞。

独立

数尽飞花一怆然，壮心迢递夕云边。十年人事空流水，二月风光已杜鹃。过眼青春宁复得，污人黄土绝堪怜。故园尚有平生约，可使苍苔到石田。

即事

南陌东阡草色齐，愔愔门巷客来稀。受风燕子轻相逐，著雨杨花湿更飞。绿树无言春又尽，红尘如雾手频挥。浮生莽莽吾何计？独立看云竟落晖。

夏日漫书

枕上初残柏子香，鸟声帘外已斜阳。碧山过雨晴逾好，绿树无风晚自凉。芳岁背人成荏苒，好诗和梦落苍茫。羊求何不来三径，门掩残书满石床。

龙潭山

二月清江照眼明，避风舟楫满回汀。断云挟雨时时黑，密叶藏花树树青。习隐未成陶令赋，行歌聊共屈原醒。碧潭光景无消息，坐看鱼儿点翠萍。

柳　贯

次韵鲁参政观潮

怒潮卷雪过樟亭，人立西风酒旆青。日毂行天沦左界，地机激水出东溟。倒排山岳穷千变，阖辟云雷竦百灵。望海楼头追胜赏，坐中宾客弁如星。

次伯长待制韵送王继学修撰马伯庸应奉扈从上京

山围黑谷翠漫漫，独许词臣息马看。跸道云开朝采正，蹕林风定雪花乾。赋成特赐麒麟罽，宴出初擎码碯盘。岁岁八州人望幸，钩陈旗尾认朱竿。

次韵伯庸待制上京寓直书事因以为寄

举头凉影动明河，问讯仙人八月槎。斗下孤光悬太白，云间长御挟纤阿。霓裳催按新声遍，凤诏需承曲宴多。一代词华归篆刻，龙文还欲映琱戈。

松翣新裁似鹤翎，手中云影落深青。宫花忽动红千帐，禁柳齐分绿半楹。金掌擎秋调玉屑，铜浑窥夜约银钉。不知太史朝来奏，东壁光联第几星？

乌桓落日稍沉西，南极青山女堞低。马谷夏泉经雨涨，龙堆秋草拂云齐。一函祠检将升玉，万里丸封不用泥。儤直夜凉谈往事，乘车犹欲避鸡栖。

送张明德使君赴南恩州

几许炎州画里山，西风驱向马前看。诗人旧志三刀喜，边候新乘一障安。时取椰浆斟玉液，饶将桂蠹荐雕盘。雪花定比常年大，燕寝香凝夜气寒。

萨都剌

赠刘云江宗师

羽，人推转阿香车。童子穿松拾翠华。天上赐衣沾雨露，山中诗锦织云霞。瑶台紫气秋横剑，石室丹光夜走砂。拟借茅君三白鹤，乘风骑到玉皇家。

三衢马太守昂夫索题烂柯山石桥

洞口龙眠紫气多，登临聊和采芝歌。烂柯仙子何年去？鞭石仙人此地过。乌鹊横空秋有影，银河垂地水无波。遥知题柱凌云客，天近应闻织女梭。

臺山怀古

越王故国四围山，云气犹屯虎豹关。铜兽暗随秋露泣，海鸦多背夕阳还。一时人物风尘外，千古英雄草莽间。日莫鹧鸪啼更急，荒台丛竹雨斑斑。

过广陵驿

秋风江上芙蓉老，阶下数株黄菊鲜。落叶正飞扬子渡，行人又上广陵船。寒砧万户月如水，老雁一声霜满天。自笑栖迟淮海客，十年心事一灯前。

次韵登凌歊台

山势如龙去复回，闲云野望护重台。离宫夜有月高下，辇路日无人往来。春色不随亡国尽，野花只作旧时开。断碑衰草荒烟里，风雨年年上绿苔。

宋无

次友人春别

波流云散碧天空，鱼雁沉沉信不通。杨柳昏黄晚西月，梨花明白夜东风。秋千庭院人初下，春半园林酒正中。背倚阑干思往事，画楼魂梦可曾同？

陈旅

和维扬友人

扬子江头水拍天，人家种柳住江边。吴娃荡桨潮生浦，楚客吹箫月满船。锦缆忆曾游此地，琼花开不似当年。竹西池馆多红药，日夜题诗舞袖前。

送宜黄刘县尹

宝剑妆成即远游，郎心何似妾心忧。茜裙香湿芙蓉雨，翠袖凉生薜荔秋。江北长愁宁滞酒，周南多病莫登楼。海门潮落江瑶美，能把千金买越舟。

张　翥

听松轩为丹丘杜高士作

长松千树拥前荣，虚籁还从树底鸣。一片海涛云杪堕，几番山雨月中生。茶香夜煮苓泉活，琴思秋翻鹤帐清。安得南华老仙伯，相随轩上说风声。

忆吴兴

忆泛苕华溪上船，故人为我重留连。半山塔寺藏云树，绕郭楼台住水天。白榜载歌明月里，青帘沽酒画桥边。计筹山下先茔在，欲往浇松定几年。

忆维扬

蜀冈东畔竹西楼，十五年前烂漫游。岂意繁华今劫火，空怀歌吹古扬州。亲朋未报何人在，战伐宁知几日休！惟有满襟狼籍泪，何时归洒大江流？

秦淮晚眺

赤栏桥下莫潮空，远火疏春暗霭中。星月半天分落照，断云千里附归风。严城鼓角秋声早，故国山川王气终。莫讶时来一长望，越吟荆赋思无穷。

郡城晚望览临武台故基

全晋山川气象开，满城烟树拥楼台。土风旧有尧时俗，人物今无楚国材。千嶂晚云原上合，两河秋色雁边来。昔时胜赏空陈迹，落日登临画角哀。

贡师泰

送寿宏毅应奉赴兴国路经历

院门深锁落松花，东接蓬莱小海斜。绛蜡夜深催视草，紫泥春蚕听宣麻。凤凰池上人辞直，鸿雁江南客过家。幕府秋来清似水，吟诗应对白鸥沙。

送东流叶县尹

江流东下县南迁，一簇人烟野岸边。荻笋洲青鸥鸟狎，杨花浪白鲚鱼鲜。印来聚吏排衙鼓，社到随民出俸钱。应是绣衣行部处，拦街齐颂长官贤。

朱仲文编修还江西，诸公分题赋诗为饯。予适同载南归，约至扬子桥分别，因为赋此

瓜洲渡口山如浪，扬子桥头水似云。夹岸芙蕖红旖旎，满汀杨柳绿纷纭。一杯酒向今朝别，万里船从此地分。他日重来须舣棹，莫教惊散白鸥群。

赠天台李炼师

翠蛟青凤下晴空，家住天台第几重？岁久松肪成琥珀，夜深丹气出芙容。仙童奏简骑文虎，太乙悬旗起绛龙。昨夜从师到天上，故山还著白云封。

迺　贤

次段吉甫助教春日怀江南韵

花底开尊待月圆，罗衫半浥酒痕鲜。一年湖上春如梦，二月江南水似天。修禊每怀王逸少，听歌却忆李龟年。卜邻拟住吴山下，杨柳桥边舣画船。

谢宗可

睡燕

补巢衔罣落花泥，困顿东风倦翼低。金屋昼长随蝶化，雕梁春尽怕莺啼。魂飞汉殿人应老，梦入乌衣路转迷。却怪卷帘人唤醒，小桥深巷夕阳西。

吴师道

城外见杏花

曲江二十年前会，回首芳菲似梦中。老去京华度寒食，闲来野水看东风。树头绛雪飞还白，花外青天映更红。闻说琳宫更佳绝，明朝携酒访城东。

周权

秋日

石脉泉花醮眼明，竹根沙路旧经行。云归天际山容淡，日落江头雁影横。梧叶庭除秋渐老，豆花篱落晚初晴。客行迢递归心远，烟火苍茫起莫程。

晚春

轻车繁吹尚纷纭，衮衮香浮紫陌尘。杜宇青山三月莫，桃花流水一溪云。东风旗旆亭中酒，小雨阑干柳外人。何许数声牛背笛，天涯芳草正斜曛。

袁士元

和嵊县梁公辅夏夜泛东湖

短棹乘风湖上游，湖光一鉴湛于秋。小桥夜静人横笛，古渡月明僧唤舟。鸳浦藕花初过雨，渔家灯影半临流。酒阑兴尽归来后，依旧青山绕客楼。

黄镇成

舟过石门梁安峡

书画船头载酒回，沧洲斜日隔风埃。一双白鸟背人去，无数青山似马来。天际雨帆梁峡出，水心云寺石门开。同游有客如高李，授简惟惭赋岘台。

郑元祐

和萨天锡留别张贞居寄倪元镇

梁溪岁莫若为情，溪上梅花待晓晴。径雪冷埋山屐齿，檐冰夜堕石床声。内篇携向松根读，如意持将竹里行。短晷何能理幽事？南窗剪烛话寒更。

周伯琦

七月七日同宋显夫学士暨经筵僚属游上京西山纪事二首

联冈叠阜卫神都，万幕平沙八阵图。朝市星垣周社稷，宗藩盘石汉规摹。官堤亘野丰青草，禁籞深林暗碧榆。地辟天开到今日，九重垂拱制寰区。

盘盘绝顶抚峥嵘，目尽天涯一掌平。海气腾空摇铁刹，山风卷雾净金城。鞲鹰秋健诸酋帐，苑马宵肥七校营。相顾依然情未已，携壶明日约同倾。

陈基

题玉山草堂

隐居家住玉山阿，新制茅堂接薜萝。翡翠飞来春雨歇，麝香眠处落花多。竹枝已听巴人调，桂树仍闻楚客歌。明日扁舟入青浦，不堪离思隔沧波。

张　宪

留别赛景初

暖云将雨骤阴晴，四月罗衣尚未成。万点愁心飞絮影，五更残梦卖花声。方空越白承恩厚，绣裲诸于照道明。自笑穷途不归去，空怀漫刺阖闾城。

杨维桢

钱塘怀古率堵无傲同赋

天山乳凤飞来小，南渡衣冠又六朝。劫火自焚杨琏塔，箭锋犹抵伍胥潮。磷光夜附山精出，龙气秋随海雾消。惟有宫人斜畔月，多情还自照吹箫。

寄卫叔刚

二月春光如酒浓，好怀每与故人同。杏花城郭青旗雨，燕子楼台玉笛风。锦帐将军烽火外，凤池仙客碧云中。凭谁解释春风恨？只有江南盛小丛。

无题效商隐体四首 与袁子英同赋。

当轩队子立红靴，龟甲屏风拥绛纱。公子银瓶分汗酒，佳人金胜剪春花。曲调青凤歌声转，觥进黄鹅舞势斜。五十男儿头未白，临流洗马走红沙。

主家院落近连昌，燕子归来旧杏梁。金埒近收青海骏，锦笼初教雪衣娘。卷衣甲帐春容晓，吹笛西楼月色凉。今夜阿鸿新进剧，黄金小带荔枝装。

二月皇都花满城，美人多病苦多情。一双孔雀衔青绶，十二飞鸿上锦筝。酒掬珍珠传玉掌，羹分甘露倒银罂。不堪容易少年事，争遣狂夫作后生。

天街如水夜初凉，照室铜盘璧月光。别院三千红芍药，洞房七十紫鸳鸯。绣靴蹋蹴句骊样，罗帕垂弯女直妆。愿尔康强好眠食，百年欢乐未渠央。

元诗别裁集卷六

七言律

张　昱

湖楼

楼前芳草碧盈盈，付与幽禽自在鸣。堤上马驮红粉过，湖中人载画船行。日长燕子语偏好，风暖杨花体又轻。何限才情被花恼，独教书记得狂名。

西山亭留题

马头曾为使君回，北望新亭道路开。於越地形缘海尽，句吴山色过江来。英雄有恨余湖水，天地忘怀入酒杯。珍重谢家林下客，玉山何待倩人推？

醉题

二月莺声最好听，风光终日在湖亭。清宵酒压杨花梦，细雨镫深孔雀屏。情在绸缪歌白芒，心同慷慨赠青萍。方平自得麻姑信，从此人间见客星。

送丁道士还丰陵

丁令还家骨已仙，更无城郭有山川。未添白发三千丈，又见铜驼五百年。荒草茫茫连故国，孤云冉冉下寥天。澧兰歌送潺湲水，极望浔阳思惘然。

赠沈生还江州

乡心正尔怯高楼，况复楼中赋远游。客里登临俱是感，人间送别不宜秋。风前落叶随车满，日下浮云共水流。知汝琵琶亭畔去，白头司马忆江州。

赠寓客还瓜州

把酒临风听棹声，河边官柳绿相迎。几潮路到瓜州渡，隔岸山连铁瓮城。月色夜留江叟篴，花枝春覆寺楼筝。赠行不用歌杨柳，此日还家足太平。

倪瓒

北里

舍北舍南来往少，自无人觅野夫家。鸠鸣桑上还催种，人语烟中始焙茶。池水云笼芳草气，井床露净碧桐花。练衣挂石生幽梦，睡起行吟到日斜。

寄熙本明

在山无事入城中，每问归樵得信通。松室夜镫禅影瘦，石潭秋水道心空。幽扉独掩林间雨，疏磬遥传谷口风。几度行吟欲相觅，乱流深涧隔西东。

三月一日自松陵过华亭

竹西莺语太丁宁，斜日山光澹翠屏。春与繁花俱欲谢，愁如中酒不能醒。鸥明野水孤帆影，鹘没长天远树青。舟楫何堪久留滞？更穷幽赏过华亭。

别章炼师

方舟共济春江阔，访我寒烟菰苇中。鼓枻斜冲荚叶雨，钩帘半怯杏花风。仙人坛上芝应碧，玉女窗中桃未红。拟趁轻帆数来往，缥壶不惜酒如空。

与伯雨登溪山胜概楼

楼下清溪夏亦寒，溪头个个白鸥闲。风回绿卷平堤水，林缺青分隔岸山。若士振衣千仞表，何人泛宅五湖间。绝怜与子同清赏，拟向云霄共往还。

东林隐所寄陆征士

寝扉桃李昼阴阴，耕凿居人有远心。一夜池塘春草绿，孤村风雨落花深。不嗔野老群争席，时有游鱼出听琴。白发多情陆征士，松间石上续幽吟。

郭钰

和杨茂才闲居

板桥通径薜萝深，浓翠浮衣竹十寻。啼鸟渐驯时近客，归云不动似知心。剪苔盘石移棋局，添火香篝续水沉。赋笔惟应潘岳好，恨无樽酒与同斟。

访友人别墅

阴森万木晓苍茫，路转山腰问草堂。池涌慢波萍叶散，窗涵细雨橘花香。读书程度输年少，中酒心情厌日长。公子飘飘才思阔，何妨高咏伴沧浪。

和酬宋竹坡韵

寄诗问我山中事，性懒家贫一事无。春瓮酒香梅未落，午窗梦起鸟相呼。旧来叔夜交游绝，老去文通笔砚枯。鸥社共盟君未弃，何须驰志向伊吾？

王　逢

钱塘春感六首

紫阙軿车从六龙，尽随仙曲度青空。苍山楼阙旃林里，赤羽旌麾野庙中。百姓未忘周大赉，成都元有汉遗风。流莺不管伤春恨，冲落桃花满树红。

王气凌虚散晓霞，虎闱麟阁静烟花。中天日月迂黄道，沧海风云冷翠华。望帝神游夔子国，乌衣梦隔野人家。当时举目山河异，岂但红颜泣塞笳！

周南风俗汉衣冠，五色云中忆驻銮。璎珞桧高藏白兽，蕊珠花发降文鸾。河通织女机丝湿，雨歇巫娥翠黛寒。满地吴山谁洒泪？一江春水独凭阑。

日华初动衮衣明，剑佩千官隐绣楹。五色黼函开玉座，九重汤药下银罂。书题凤尾仙曹喜，恩浃螭坳学士荣。文化有余戎事略，铜驼草露不胜情。

瑶池青鸟集觚棱，白塔金凫闷夜灯。云母帐虚星采动，水晶宫冷露华凝。骊山草暗墟周业，鄗坞花繁失汉陵。白马素车江海上，依然潮汐撼西兴。

金爵觚棱月向低，泠泠清磬万松西。五门曙色开龙尾，十日春寒健马蹄。红雾不收花气合，绿波初涨柳条齐。遗民暗忆名都会，尚绕湖滑唱大堤。

送薛鹤齐真人代祀天妃还京

蓬莱宫里上卿班，代祀天妃隔岁还。日绕五文皆御气，海浮一发是成山。风霆夜护龙鸾节，云雾朝披玉雪颜。圣渥既隆玄化盛，转输应尽入秦关。

叶　颙

题幽居

隔溪春色两三花，近水楼台四五家。浊酒不妨留客醉，好山长是被云遮。松根净埽弹琴石，柳下常维钓月槎。路狭不容车马到，只骑黄犊访烟霞。

钱惟善

述怀寄光远并简城南诸友

野人无事久忘机，肯信纷华有是非？花信欲阑莺百啭，麦芒初长雉双飞。书中岁月仍为客，枕上江山屡梦归。时复思君倚深树，不知残雨湿春衣。

段克己

寄仲坚汉臣二子

经春日日卧空庐，门巷萧条长者车。一卷时看王湛易，数行懒寄子公书。风光少得如人意，颜面从教与世疏。闻健不来花下醉，明年花发定何如？

段成己

中秋之夕封生仲坚卫生行之携酒与诗见过依韵以答

夜凉河汉静无声，澄澈天开万里晴。蟾吐寒光呈皎洁，桂排疏影甚分明。良宵方喜故人共，醉语那知邻舍惊。一片诗魂招不得，九霄直与月俱清。

仇 远

次胡苇杭韵

曾识清明上巳时，懒能游冶步芳菲。梨花半落雨初过，杜宇不鸣春自归。双冢年深人祭少，孤山日晚客来稀。江南尚有余寒在，莫倚东风褪絮衣。

怀古

吹杀青灯炯不眠，满襟怀古恨绵绵。江东曾识桓司马，沧海难追鲁仲连。吴岫月明吟木客，汉宫露冷泣铜仙。何时一酌桃源酒，醉倒春风数百年。

和韵胡希圣湖上

连作湖山五日游，沙鸥惯识木兰舟。清明寒食荒城晚，燕子梨花细雨愁。赐火恩荣皆旧梦，禁烟风景似初秋。凤丝龙竹繁华意，犹为西林落日留。

宿集庆寺

半生三宿此招提，眼底交游更有谁？顾恺漫留金粟影，杜陵忍赋玉华诗。旋烹紫笋犹含箨，自摘青茶未展旗。听彻洞箫清不寐，月明正照古松枝。

题溧阳市

万家大县旧留都，一派中江入太湖。缩项鱼肥人脍玉，长腰米贵客量珠。府分南北寒芜合，桥直东西夜市无。却是旗亭浮蚁美，杖头能费几青蚨。

白　珽

游天竺寺

山转龙泓一径深，岚烟吹润扑衣巾。松萝掩映似无路，猿鸟往来如有人。讲石尚存天宝字，御梅尝识建炎春。城中遮日空西望，自与长安隔两尘。

杨　果

洛阳怀古

洛阳云树郁崔嵬，落日行人首重回。山势忽从平野断，河声偏傍故宫哀。五噫拟逐梁鸿去，六印休惊季子来。惆怅青槐旧时路，年年无数野棠开。

陈孚

真定怀古

千里桑麻绿荫城，万家灯火管弦清。恒山北走见云气，滹水西来闻雁声。主父故宫秋草合，尉陀荒冢莫烟平。开元寺下青苔石，犹有当时旧姓名。

永州

烧痕惨澹带昏鸦，数尽寒梅未见花。回雁峰南三百里，捕蛇说里数千家。澄江绕郭闻渔唱，怪石堆庭见吏衙。昔日愚溪何自苦？永州犹未是天涯。

开平即事二首

百万貔貅拥御闲，滦江如带绿回环。势超大地山河上，人在中天日月间。金阙觚棱龙虎气，玉阶阊阖鹭鹓班。微臣亦有河汾策，愿叩刚风上帝关。

天开地辟帝王州，河朔风云拱上游。雕影远盘青海月，雁声斜送黑山秋。龙冈势绕三千陌，月殿香飘十二楼。莫笑青衫穷太史，御炉曾见衮龙浮。

邓文原

三月晦游道场山宿清公房与成父同行二首

绝顶轩窗纳晚晡，下方灯火听钟鱼。天连震泽涵元气，地涌浮图切太虚。凉立松风观石溜，晚寻樵径扣僧庐。孤亭山麓荒苔积，犹想幽人夜读书。

涧石萦纡紫竹丛，晴云吹落水晶宫。夜寒身宿群峰顶，花尽春归万木中。傥买山田营破屋，时过僧寺驾孤篷。只应渺渺轩前路，杖履长陪鹤发翁。

李材

海子上即事

驰道尘香逐玉珂，彤楼花暗弄云和。光风已转瀛洲草，细雨微添太液波。月榭管弦鸣曙早，水亭帘幕受寒多。少年勿动伤春感，唤取青娥对酒歌。

何中

新淦畈步作

松筠色润翠成围，鹅鸭声多水渐肥。隔县贩人争野路，迎年姹女试新衣。暖烟黄柳知春到，残雪青山伴客归。茅屋酒旗随处有，悠悠世事侭相违。

于　石

半山亭

万叠岚光冷滴衣，清泉白石锁烟扉。半山落日樵相语，一径寒松僧独归。叶堕误惊幽鸟去，林空不碍断云飞。层崖峭壁疑无路，忽有钟声出翠微。

清明次韵赵登

九十春光半晦明，东郊携手趁新晴。飘零风絮如行客，冷暖厨烟见世情。宿雨秋千花有泪，斜阳古冢草无名。劝君且尽樽前兴，柳上一声何处莺？

潇江亭

背依古塔面层峰，曲曲阑干峻倚空。万屋参差江色外，片帆出没树阴中。五更钟鼓半山月，两岸渔樵一笛风。极目子陵台下路，滔滔惟有水流东。

西湖 乡人杜伯高，昔与诸公饮于湖上，得风月一联，予爱其语，因为足成之。

西湖胜概甲东南，满眼繁华今几年？钟鼓相闻南北寺，笙歌不断往来船。山围花柳春风地，水浸楼台夜月天。士女只知游赏乐，谁能轸念及三边！

傅若金

沛公亭

遥山寂寂对危亭，坏础欹沙柳自青。四海久非刘社稷，千秋犹有汉精灵。丰西水散烟沉浦，砀北云来雨入庭。坐想酒酣思猛士，歌风台下晚冥冥。

登楼

楼上西风吹画屏，楼前秋思满都亭。金河水去涓涓碧，琼岛云来冉冉青。近见萧何成第宅，旧闻汲黯在朝廷。明时进用多英杰，迂腐深惭守一经。

题张齐公祠

将军结发事先朝，百战山河血未销。总说霁云能慷慨，兼闻去病最嫖姚。烟尘剑戟迷秋峒，风雨旌旗落莫潮。自古英雄须庙食，精灵何待楚辞招！

正月十七日丽正门观迎接口号

南徼旌旗万里回，中天城阙九重开。龙门仗簇青云起，鹤禁香通紫气来。父老多流去日泪，公卿不乏济时材。已闻奉玺归金室，早听趋朝进玉杯。

送唐子华嘉兴照磨子华名棣，吴兴人，善画。

闻君秋思满南湖，行李今晨发帝都。幕府初乘从事马，江城还忆步兵鲈。树浮白日山侵越，潮蹴青天海入吴。闲暇冯高动诗兴，须成一醉扫新图。

上蔡

上蔡城头黄叶多，闻鸡看剑起长歌。徒怜丞相东门犬，犹忆将军半夜鹅。树底衣裳沾雾雨，马前灯火动星河。凉风满路吹行驿，那似金门听玉珂。

兴安县

乱峰如剑不知名，篁竹萧萧送驿程。转粟未休漓水役，负戈犹发夜郎兵。百蛮日落朱旗暗，九岭风来画角清。空使腐儒多感慨，西南群盗几时平？

书南宁驿

岁晚驱驰忆帝京，北风回首重关情。中天日月回金阙，南极星辰绕玉衡。父老尚烦司马檄，蛮夷须用伏波兵。也知文德能柔远，传道新恩欲罢征。

洞庭连天楼

崔嵬古庙压危沙，缥缈飞楼入断霞。南极千峰迷楚越，西江众水混渝巴。鲛人夜出风低草，龙女春还雨湿花。北倚阑干望京国，故人何处认星槎？

闻张吏部督海运归咏怀奉简

日边双节下沧溟，云际千艘赴驿亭。直为邦畿须转粟，也因江海念流萍。玉京永夜瞻卿月，银汉清秋识使星。待尽西风始相见，客愁如酒一时醒。

送张秀才北上时将赴海

身逐征帆赴海涯，道逢行李问京华。涓人解致燕王马，卜史工占蜀客槎。冠盖早朝星在树，管弦春宴月当花。盛时繁丽应如昨，把酒闻莺肯忆家。

岳阳中秋值安南贡使因怀旧游

洞庭秋气满龙堆，为客偏惊节序催。铁笛乍闻云外过，琼楼应傍月中开。越裳重译三年至，溟海浮槎八月来。忽忆旧游今万里，天涯长见雁飞回。

题栖碧山为淦龚舜咨赋

山人爱山如李白，幽栖还在碧云深。松杉绕屋清宵响，雷雨悬崖白昼阴。石上每同仙客坐，花间犹恐世人寻。京华日日多尘土，终拟投簪话夙心。揭文安公云：予欲赋栖碧久矣。兴无由起。一日，临江傅与砺来，开卷同赋之。予诗未成，与砺已就。非不可更作，念无可以过与砺也，遂易结语而已。

宋本

大都杂诗

绣错繁华遍九衢，上林词赋汉西都。朱门细婢金条脱，紫禁材官玉鹿卢。万里星辰关上界，四朝冠盖翊皇图。东邻白面生纨绮，笑杀扬雄卧一区。

宋　褧

都城杂咏

流珠声调弄琵琶，韦曲池台似馆娃。罗袖舞低杨柳月，玉笙吹绽牡丹花。龙头泻酒红云滟，象口吹香绿雾斜。却笑西邻蠹书客，牙签缃帙费年华。

明照坊对雨

章台车马去如流，白雨霏烟拂画楼。九陌平铺明似练，两沟急泻碧于油。美人虹见西山霁，少女风来北里秋。凉意满襟帘幕卷，宫鸦归树夕阳收。

春莫双清亭小酌怀张孟幼

吏退公庭雁鹜行，持杯暂对水云乡。山开罨画涵晴影，花落烟肢漾晚香。酒帜隔津标柳陌，涵舟避浪向蒲塘。怀人不得同相赏，空赋停云第二章。

予以延祐元年从先兄正献公入汴，始识彦辉吴征君。是岁，故中丞马公伯庸，今翰林学士谢公敬德，国子博士王君师鲁，乡贡河南行省。迄今二十五年。予再以按行至汴，居监察行院，去征君所居仅半里，犹以公事未毕，尚迟于请见。时马公亦薨，谢、王在馆阁，感念存殁，赋唐律一首，先遣持遗征君正之。至元四年戊寅。

二十年前入汴州，梵王仙馆涉春秋。家家庭院森湖玉，处处帘栊映海榴。金马石渠伤远别，丘山华屋动新愁。谁怜闭著车中妇？犹望元龙百尺楼。

王士熙

送巨德新

渭城秋水泛红莲，白雪梁园作赋年。金马朝回门似水，碧鸡人去路如天。扬雄宅古平芜雨，诸葛祠空老树烟。小队出游春色里，满蹊花朵正娟娟。

骊山宫图

翠岭含烟晓仗催，五家车骑入朝来。千峰云散歌楼合，十月霜晴浴殿开。烽火高台留草树，荔支长路入尘埃。月中人去青山在，始信昆明有劫灰。

雅琥

留别凯烈彦卿学士

十年帝里共鸣珂，别后悲欢事几多。汗竹有编归太史，雨花无迹染维摩。湘江夜雨生青草，淮海秋风起白波。明日扁舟又南去，天涯相望意如何？

成廷珪

送谢芝甫赴山南宪

谢庭子弟多佳士，荆国山川总胜游。万里捧书催入幕，一朝挝鼓发行舟。玄猿啼处巴江夜，白雁来时楚甸秋。襄汉风流千古意，为君长忆仲宣楼。

夏日过万蓬庵

爱汝东庵暑气薄，解衣盘礴坐莓苔。一林绿竹尽可数，五月白莲犹未开。捉麈谈禅知独往，买鱼沽酒待重来。沧江日落山更好，且放轻舟缓缓回。

送智惠隐住水月禅院

放船直到栖禅处，万顷湖心一径开。绿树鸟惊风落果，碧潭龙去水生苔。西岩尊宿传灯在，东海高僧杖锡来。今夜月明清似水，太空无地著纤埃。

黄清老

天运不已，岁时又春，学已可乎！作自勉诗呈李初教授诸公

东风一笑可人心，旋沥新醅对客斟。山色未匀春意浅，梅花已老白云深。半轩依竹闲听雨，千里怀人欲抱琴。试问樵溪隔年意，碧波东注渺难寻。

丁复

九月一日游昭亭在宣州。

山色江光带近郊，道旁杨柳舞寒条。半生九日黄花酒，多在西风白下桥。千里客游仍暮景，异乡人事又今朝。老来未遣登临懒，尽醉东家绿玉瓢。

韩性

阳明洞

日日携壶坐钓矶，眼看门外软红飞。已无游骑寻芳事，却访幽人入翠微。石磴欲青春雨足，酒炉初冷絮花稀。悠然自解登临意，十里香风一棹归。

郑　韶

郑蒙泉炼师子午谷图

子真今住子午谷，乃在蛟门西复西。绕屋长松落晴雪，倚天绝壁立丹梯。春回大壑三芝秀，月满空山一鹤栖。归去看图望瀛海，定应沐发候天鸡。

题渔家壁

漫郎家住黄泗浦，闲看飞花坐北窗。渡口青山高似屋，门前潮水直通江。垂杨系艇已千尺，春鲤上盘才一双。野老相过无一事，白头喜对酒盈缸。

刘永之

题邹惟中西楼

西楼远对鼎山斜，野客来寻驾鹿车。竹屿暝烟浮翠黛，石田秋雨润银沙。清尊未酌心先醉，往事重论鬓欲华。肯借溪南三亩宅，从君学种邵平瓜。

谢应芳

赠庆别驾

台州别驾不之官，烟水孤村共岁寒。偶有浊醪留晚酌，旋挑生菜簇春盘。三年邻里通家好，四海兵戈行路难。且喜门前金色柳，东风堪作画图看。

怀詹伯远

蝌蚪残书补未全，斋居一榻坐来穿。杨花绕屋白如雪，溪水出湖青接天。冠盖不来骑马客，鸥凫长傍钓鱼船。多时欲问平安信，伏日题诗寄竹边。

朱希晦

和韵简天则上人

凉风袅袅晚秋天，潮落双门缆客船。永嘉郡城北有二门，郭璞所以立名双门。九陌黄尘蓬鬓底，一篱香露菊花边。故乡鲈鲙牵归思，近砌蛩声搅夜眠。不道分携成远别，几时林下细谈禅？

麻 革

晚步张翚田间

地入荒芜过客稀，村深门巷莫山围。悠悠独鸟穿云下，策策寒乌掠日飞。人事百年梧叶老，秋风万里稻花肥。兵尘河朔迷归路，惆怅平沙送夕晖。

杨云鹏

登濮州北城

层城高绝一攀跻，岁杪临风客思凄。烧入马陵秋草黑，雁横雪泽莫天低。陈台事往人何在？曹国川遥望欲迷。牢落壮怀谁与语？疏林残照乱鸦啼。

陈　普

鼓瑟

满楼明月调云和，五十弦中急雨过。彩凤拂衣鸣翠竹，素鳞鼓鬣出寒波。凄凉楚客新愁断，清切湘灵旧怨多。一曲更沉人已静，江头云挂绿嵯峨。

郭麟孙

三月三日重游虎丘

细雨霏霏不湿衣，山前山后乱莺飞。过桥春色绯桃树，临水人家白板扉。此地酒帘邀我醉，隔船箫鼓送人归。清游恐尽今朝乐，回首阊门又夕晖。

柯九思

送赵虚一还金陵书虞翰林诗后

词臣通籍侍金闺，天语从容问旧蹊。云外山高龙虎踞，人间松老凤凰栖。翰林拟诏当红药，道士疏封出紫泥。更赐金钱祠泰畤，寥阳前殿丽璇题。

虞翰林诗序曰：「天历二年三月二十五日，集侍立延阁。上顾问集：「尝至金陵不？」集谨对曰：「尝到。」又曰：「冶亭是汝所题，往年八九至其处，新松当长茂矣。」集谨对曰：「是未种松时到也。」近臣奏言：道士赵虚一所种也。上曰：「然，已陞观为宫，汝知之乎？」集谨对曰：「臣奉敕题榜赐之矣。」是日归，虚一来别，归江南，即告以圣上不忘冶亭之意。又三日，吴大宗师持卷来索诗赠行，因录所得如上云。诗曰：春明昼侍奎章阁，圣上从容问冶亭。为报仙都赵真士，新松好护万年青。

送程鹏翼赴山东运司经历

齐人富国书犹在，煮海为盐属县官。千灶飘烟云树湿，万盘凝雪浪花乾。西曹儒雅声华旧，东郡司存礼数宽。谈笑云霞公事了，大明湖上凭阑干。

李　裕

送赵鹏举之西臺掾

掾曹骑马赴西臺，迢递关河几日回？秋草自随人去远，夕阳长共雁飞来。乱云荒驿迷秦树，落叶残碑有汉苔。最忆年年寒食节，华筵谁向曲江开？

吴　讷

宿承天观用杨廉夫韵

承天观里开图画，吴越山河一览中。半夜月明湖水白，五更日出海门红。彩船春晚笙歌歇，粉堞风高鼓角雄。十二阑干都倚遍，归心飞过大江东。

方　行

送贾彦临训导霍丘

中都会面得从容，两载同听长乐钟。天近君门严虎豹，地宽人海混鱼龙。承恩自合归宣室，论道安能老辟雍？江柳春花增别恨，白头何日更相逢？

潘　纯

题岳武穆王坟二首

海门寒日澹无晖，偃月堂深昼漏稀。万灶貔貅江上老，两宫环珮梦中归。内园羯鼓催花发，小殿珠帘看雪飞。不道帐前胡旋舞，有人行酒著青衣。

湖水春来自绿波，空林人迹少经过。夜寒石马嘶风雨，日落山精泣薜萝。江左长城真自坏，邺中明月竟谁歌？惟余满地苌弘血，草色年深碧更多。

周砥

芝云堂

芝云主人绝萧散，燕坐草堂门不扃。古鼎隔帘香袅袅，新篁拂几玉亭亭。十年苦思耽诗卷，三日清斋写道经。邀我醉眠书画舫，月明吹笛看云汀。

周棐

送曹广文赋得富览亭

危亭突兀斗城阴，风物苍茫入望沉。万古东南多壮观，百年豪杰几登临。夜中日出扶桑近，天外江流滟滪深。好趁归帆拂天姥，共凭寥廓寄微吟。

西津夜泊

孤帆夜落石桥西，桥外青山入会稽。卧听海潮吹地转，起看江月向人低。一春衰谢怜皮骨，万国艰虞厌鼓鼙。何处客船歌水调，令人归思益凄迷。

许　恕

次承文焕黄山醉归诗韵

黄山之南江水西，麦秋天气野阴低。隔溪雨过催花落，绕屋云归伴鹤栖。涤荡新愁烦浊酒，扶持残醉有枯藜。寄来妙句能相忆，那得樽前手共携？

题潘氏画壁

浮空积雪拥千鬟，山崦人家俯碧湾。飞阁卷帘高鸟外，夕阳流水古松间。岂无隐者携家入？亦有仙翁采药还。借我高眠萝屋里，月明风静听潺湲。

陆　仁

题金陵

丽正门当天阙高，景阳台下草萧萧。江围大地蟠三楚，石偃孤城见六朝。落日不将遗恨去，秋风能使旅魂消。忘情只有龙河柳，烟雨年年换旧条。

元诗别裁集卷七

五言排律

马祖常

寄舒真人

金阙来华盖，琳坛集羽衣。石因钟乳腻，松为茯苓肥。剂墨香翻杵，修琴玉布徽。天低临象纬，日近逼光辉。竹里开长径，池边蔽小扉。红迷霞绮错，绿涨水环围。仙杏葩凝赤，蟠桃萼剪绯。龙来还独宿，鹤去更知归。割蜜蜂先避，衔书凤自飞。祠雷陈古磬，符鬼掣灵旗。丹井泉偏冽，铜盘露未晞。俗人那得识，诗客尽相依。伊我逢休浣，从兹咏浴沂。凭师消鄙吝，犹可采山薇。

送华山隐之宗阳宫

江阁鱼龙近，山房雾雨多。地清天不暑，池曲水无波。笋箨迎书带，樱桃送锦窠。呦呦呼伴鹿，唼唼换经鹅。养素行编屦，乘闲坐织蓑。几篇餐玉法，一帙醮星科。香炧沉银叶，衣裾佩紫荷。丹光留海月，绛景出松萝。醉忆泉浮乳，幽怜石烂柯。神君攀绿桂，天女踏青莎。邀客登山顶，寻真入涧阿。洞箫吹道曲，云纸写鱼歌。予发今如此，君心可奈何？高谈见明月，为我问娑罗。

杨　载

春晚喜晴

积雨俄经月，新晴始见春。苍苔侵别墅，绿水过比邻。性僻居宜远，身闲景易亲。无诗排世累，有酒纵天真。循圃花粘屦，凭阑柳拂巾。歌呼从稚子，谈笑或嘉宾。渐喜渔樵狎，仍欣鸟雀驯。幽情延薄莫，浩思集清晨。养拙元非病，为文敢自珍。杜门缘底事，作计懒随人。

宋　无

答无住和太初韵见寄

宝地人来少，柽阴自晚晴。片云依石润，孤磬出花清。竹笕分泉细，檀烟上氎轻。勒铭留水寺，应供宿江城。迨楚涛喧定，归吴雪滞行。雨苔粘冻屐，廊叶覆闲枰。琴为蛇纹买，书因鸟迹评。眼高无佛祖，诗癖有山兄。句妙唐风在，心空汉月明。昼禅休树影，夜梵杂松声。夏减游方兴，秋添住岳情。何时修白业，去结懒残盟。

陈旅

陪赵公子游蒋山即席次李五峰韵

弭棹丹阳郭，鸣鞭白下山。晴原烟翳翳，幽树鸟关关。石液玻璃碧，云根玛瑙殷。佛岩开细菊，僧径入丛菅。雨洗川容净，潮随野色还。六朝有遗事，尽在夕阳间。

周伯琦

八月六日丁亥释奠孔子庙三十韵

阙里宣尼宅，儒林礼乐区。右文昭代盛，报德圣恩殊。天语颁中禁，星轺发上都。内廷香绕案，光禄酒浮壶。持节惭专对，于原慎载驱。秋阳稀稼穑，昼路足槐榆。历历由沂汶，行行望泗洙。岱宗标近甸，鲁殿没荒芜。不见三家采，唯余五父衢。祀严柔日逼，林近绝晨趋。废堞依修阜，危台记舞雩。庙宫参象纬，书阁压城闉。反宇周阿峻，回廊百步纡。蛟鳞蟠玉柱，螭首响金铺。庭迴桧千尺，坛虚杏数株。省牲新雨霁，释奠旧章敷。辟户陈笾俎，登歌应瑟竽。尊居玄圣俨，侑食列贤俱。兴俯锵珩佩，周旋谨履绚。祼将宸意达，祝告下诚孚。明燎辉云陛，祥熏集宝炉。共观周典礼，宁数汉规摹。似续于今盛，钦崇自古无。缭垣隆象魏，穹石峙龟趺。孤阁青编贮，双亭翠竹扶。山川光拱揖，泉井泽沾濡。推本尊师道，题名述庙谟。伫看戋束帛，岂复叹乘桴？制作先东鲁，朝廷用大儒。愚生深有幸，归上孔林图。

王　逢

题马洲书院并序

马洲书院者，孔圣五十二代孙元虔昆季所建也。其五世祖若平，高抗不群，长于春秋。当宋南渡，自阙里将之衢，留滞泰兴。见河流达南江，询之老人，曰：「此龙开河也，西北通淮泗。」因叹曰：「吾洙泗龙泉之支流，其在兹乎！」遂筑室河上，与其子端志，各授弟子业。从游日众，乃有畬田百亩，人助以力，官复其税。戒子孙治生勿求富，读书勿求荣。邑大夫嘉之，易名龙开河曰敦教，示崇化也。年六十卒，葬河之阳。端志克守父道，荐辟不就。淳祐元年冬，邑毁于北兵，元虔辟地是洲。咸淳间，书院落成，教授复如初。然皆无后。今崇圣寺旁，惟破屋蔓草，遗像瓦炉而已。逢惧变迁殆尽，故叙其概于壁间，庶后之起废者得以考焉。诗曰：

蝌蚪秦皆废，灵光鲁独存。豆笾漂海国，丹雘暗淮村。苔藓花侵础，蒲芦叶拥门。青春深雾潦，白日老乾坤。德化三王并，威仪百代尊。郊麟初隐遁，野兕遂崩奔。先辈俱冥漠，诸生罢讲论。断编尘树冷，遗像网虫昏。尽变衣冠俗，终归礼义源。江南游学士，瞻拜敢忘言。

陈孚

翰苑荐为应奉文字二十韵谢大司徒并呈诸学士

天上金銮客，人间第一流。贽为唐内相，禹拜汉元侯。鲲海三千水，龟峰十二楼。月寒红烛夜，风淡紫薇秋。凤诰窥姚姒，麟编振鲁邹。佩随宫漏远，衣染御烟浮。淑气腾金碧，祥光射斗牛。焜煌青琐闼，缥缈紫霞洲。玛瑙濡尧瓮，珊瑚耀汉钩。驼蹄中禁釜，豹尾上方驺。仆本师黄卷，生惟伴白鸥。亲庭双鹤发，家事一渔舟。偶预天官选，来为帝里游。绿章蒙独荐，青史许同修。故郡惊王勃，新丰异马周。队随鱼圉圉，角喜鹿呦呦。势似飞三凤，功如挽万牛。桑榆终有望，葑菲未为愁。国士恩难报，书生志易酬。誓坚冰雪操，正色赞皇猷。

傅若金

奉送达兼善御史赴河南宪佥十二韵

圣治尊儒术，贤才翼帝躬。立朝防触豸，行路避乘驄。复道河南去，先愁冀北空。激扬元自任，出处岂谋同？地绝看持节，天长惜转蓬。绣衣今日把，尺素几时通？别酒花开里，征帆木落中。蓟门县夜月，梁苑度秋风。古县藤萝碧，霜林果蓏红。咨询行每遍，闲暇赋能工。白日明高岳，黄河绕故宫。登临兴何限，题寄北飞鸿。

登岳阳楼

驰传自青天，凭高忆往年。阑干映水迴，埤堄与云连。江合沅湘大，山侵楚蜀偏。蜃郎通别井，龙女宅重渊。日月鸿蒙里，风沙浩荡前。骊珠秋后冷，犀火夜深燃。张乐犹疑奏，乘槎欲并仙。登临停去骑，宠饯惜离筵。地气南交接，天文北极县。赋惭王粲作，诗拟杜陵传。渺渺衡阳雁，迢迢浪泊鸢。早春回汉节，应得泛湖船。

雅琥

上执政四十韵

圣主飞龙日，求贤似拾珍。典谟皆故老，登用必元臣。日月当黄道，风云拥紫宸。华封归帝力，寿域囿吾民。旭旭时将旦，熙熙物自春。唐虞风未远，邹鲁俗还淳。往者三灵坠，扶持赖有人。斩鲸清海沸，炼石补天沌。工繇趋刑辟，皋夔起隐沦。明公辞政久，首诏趣装频。渴慰苍生望，饥怜赤子贫。朝阳先睹凤，春历正书麟。总代天成化，俱为政入神。五朝居辅弼，三世掌经纶。皇眷恩波阔，玄功德泽均。房谋兼杜断，萧律继曹遵。历法羲经秘，书文颉篆新。山河由秉笔，社稷在垂绅。众水宗南渤，诸星拱北辰。济为舟楫重，任托股肱亲。玉烛调元气，金枢运大钧。都俞闻密赞，谏论喜重陈。声教流沙外，讴歌碣石滨。乌台分绣斧，凤诏继华茵。练达时无匹，公忠世绝伦。栋梁支大厦，柱石表重闉。天下皆桃李，人间静棘榛。中台方正席，东阁又延宾。有客怀吾道，无媒致此身。穷经甘寂寞，抱拙忍酸辛。虎榜叨前列，鹓墀接后尘。郎潜嗟咄咄，吏隐叹逡逡。十口长为旅，三年屡卜邻。稻粱犹不足，抱负岂能伸？养母留甘旨，居官守诲谆。正言期董贾，枉道耻仪秦。草芥难终弃，刍荛尚可询。修涂多骏足，涸辙有潜鳞。未遂风云信，犹沾雨露仁。天瓢能一滴，只尺是通津。

次宋编修显夫南陌诗四十韵

李　裕

丽质过邯郸，春风直几钱。送情怜眼艳，凝伫觉身偏。霞淡斜侵雁，云轻巧衬蝉。芳金摇翠勒，暖玉藉绒鞯。脸媚风初信，眉弯月未弦。绿深芳草雨，红绽碧桃天。却扇羞花落，褰裳妒酒翻。关心时浅笑，忆别自微言。倏脱浓香暖，巾缨腻粉斑。幽期只窨约，私语每防闲。田木须连理，吴梅易引涎。襦长腰并柳，袜小步移莲。枕障熏沉水，屏围画远山。体轻嫌蔽膝，指嫩莹弸环。怅荡元非醉，朦腾不为眠。绣盘花猗傩，锦就字洄联。锁合沉鱼夕，筝闲少雁寒。美人何杳杳，良夜独漫漫。乍见都疑梦，相逢信契仙。怜才多婉娩，倚态转翩妍。璧月红窗外，银河碧树边。幔轻云影动，帘静浪纹悬。裙薄绡长皱，裀重锦未蔫。妆台宜向日，舞袖欲随烟。鸡舌遥闻韵，猩唇厌授餐。深衣留唾碧，系帛表心丹。只忆愁肠断，宁知别绪牵。宝钗分凤翼，钿合寄龙团。红豆膏凝箧，文鸳绣作繁。凄迷千日酒，惆怅五云轩。楚女窥墙日，文园病渴年。合欢连组带，解佩杂芳荃。缨断风前烛，香偷别后筵。额黄红粉淡，泪颗绀珠鲜。苔迹和尘印，花阴带露穿。时时伤往事，故故寄新篇。人去愁千叠，心伤恨万端。蝶晴随絮远，莺晓怨春残。梦好心多感，情深意已传。蘼芜空满地，欲赠思依然。

元诗别裁集卷八

五言绝

元好问

山居杂诗

瘦竹藤斜挂，丛花草乱生。林高风有态，苔滑水无声。

树合秋声满，村荒莫景闲。虹收仍白雨，云动忽青山。

川迥枫林散，山深竹港幽。疏烟沉去鸟，落日送归牛。

鹭影兼秋静，蝉声带晚凉。陂长留积水，川阔尽斜阳。

牟巘

溪边钓船

莫出前溪去，随宜下钓钩。风波苦不恶，鲈鳜满船头。

揭傒斯

和欧阳南阳月夜思

月出照中园，邻家犹未眠。不嫌风露冷，看到树阴圆。

萨都剌

过高邮射阳湖

飘萧树梢风，淅沥湖上雨。不见打鱼人，菰蒲雁相语。
秋风吹白波，秋雨鸣败荷。平湖三十里，过客感秋多。

龚璛

泊舟

小舟寻夜泊，明月散风澜。故人相别处，双鹭立前滩。

高克恭

种笔亭题画

积雨暗林屋，晚峰晴露巅。扁舟入蘋渚，浮动一溪烟。

郭　翼

阳春曲

柳色青堪把，樱花雪未乾。宫中裁白苎，犹怯剪刀寒。

七言绝

元好问

杏花杂诗

杏花墙外一枝横，半面宫妆出晓晴。看尽春风不回首，宝儿元自太憨生。

袅袅纤条映酒船，绿娇红小不胜怜。长年自笑情缘在，犹要春风慰眼前。

杨柳

杨柳青青沟水流，莺儿调舌弄娇柔。桃花记得题诗客，斜倚春风笑不休。

榆社硖口村早发

瘦马长途懒着鞭，客怀牢落五更天。几时不属鸡声管，睡彻东窗日影偏。

同儿辈赋未开海棠二首

翠叶轻笼豆颗匀，胭脂浓抹蜡痕新。殷勤留著花梢露，滴下生红可惜春。

枝间新绿一重重，小蕾深藏数点红。爱惜芳心莫轻吐，且教桃李闹春风。

李俊民

过云台

夜半风吹霁色开，晓来残月过云台。连山断处瞰平野，一线黄流掌上来。

雨后

春空霭霭莫云低，飞过山前雨一犁。明日却寻归去路，马蹄犹踏落花泥。

刘因

下山

翠霞腾晕紫成堆，收尽云烟酒一杯。想见浮岚在眉宇，人人知道看山回。

方回

春晚杂兴

芳草茸茸没屦深，清和天气润园林。霏微小雨初晴处，暗数青梅立树阴。

黄庚

江村

极目江天一望赊，寒烟漠漠日西斜。十分春色无人管，半属芦花半蓼花。

耶律楚材

过济源登裴公亭用闲闲老人韵

山接青霄水浸空，山光滟滟水溶溶。风回一镜揉蓝浅，雨过千峰泼黛浓。

刘秉忠

溪上

芦花远映钓舟行，渔笛时闻三两声。一阵西风吹雨散，夕阳还在水边明。

城西游

昨朝信马凤城西，鞭约垂杨过小堤。春色满园花胜锦，黄鹂只拣好枝啼。

许衡

宿卓水

寒釭挑尽火重生，竹有清声月自明。一夜客窗眠不稳，却听山犬吠柴荆。

元淮

春闺

杏花零落燕泥香，闲立东风看夕阳。倒把凤翘搔鬓影，一双蝴蝶过东墙。

赵孟頫

绝句

春寒恻恻掩重门，金鸭香残火尚温。燕子不来花又落，一庭风雨自黄昏。

东城

野店桃花红粉姿，陌头杨柳绿烟丝。不因送客东城去，过却春光总不知。

赵　雍

莫春

绿阴庭院碧窗纱，半卷珠帘映晚霞。芳草萋萋春寂寂，东风吹堕落残花。

初秋夜坐

月明如水侵衣湿，台榭沉沉秋夜长。坐久高僧禅语罢，淡然相对玉簪香。

袁　桷

晚访仲章不遇

小院春浓落照闲，碧篁相对乳禽还。晚风阵歇游丝尽，留得归云在屋山。

许有壬

琳宫词次安南王韵

凉入帘帏夜色轻，瑶台添月更虚明。一壶天地浑无迹，只有清风动竹声。

杨　载

宿浚仪公湖亭

两两三三白鸟飞，背人斜去落渔矶。雨余不遣浓云散，犹向前山拥翠微。

范　梈

游南台闽粤王庙

海角钓龙人杳杳，云间待雁路迢迢。若为借得山头石，每到高秋坐看潮。

上元日

蓬莱宫阙峙青天，后内看灯记往年。谁念东篱山下路？再逢春月向人圆。

欧阳系

京城杂咏

奉诏修书白玉堂，朝朝骑马傍宫墙。闸河东畔垂杨柳，时有莺声似故乡。

萨都剌

赠弹筝者

银甲弹冰五十弦，海门风急雁行偏。故人情怨知多少？扬子江头月满船。

秋夜闻笛

何人吹笛秋风外，北固山前月色寒。亦有江南未归客，徘徊终夜倚阑干。

道过赞善庵

夕阳欲下少行人，绿遍苔茵路不分。修竹万竿松影乱，山风吹作满窗云。

宋　无

山中

半岭松声樵客分，一溪春草鹿成群。采芝人入翠微去，丹灶石坛空白云。

春归

酿蜜筒香蜂报衙，杏梁泥歇燕成家。浮萍断送春归去，尽向东流载落花。

周　权

渔翁

转棹收缗日未西，短篷斜阁断沙低。卖鱼买酒归来晚，风贴芦花雪满溪。

晚渡

离离野树绿生烟，灼灼山花烂欲然。酤酒人归春渡寂，柳根闲系夕阳船。

朱德润

沙湖晚归

山野低回落雁斜，炊烟茅屋起平沙。橹声归去浪痕浅，摇动一滩红蓼花。

洪希文

幽居

投老安闲世味疏，深深水竹葺幽居。床头昨夜风吹落，多是经年未报书。

王翰

题败荷

曾向西湖载酒归，香风十里弄晴晖。芳菲今日凋零尽，却送秋声到客衣。

郑元祐

寄金山普衲

金鳌背上郁蓝天，长有神龙卫法筵。午夜江声推月上，浪花如雪寺门前。

倪　瓒

六月五日偶成

坐看青苔欲上衣，一池春水霭余辉。荒村尽日无车马，时有残云伴鹤归。

顾　瑛

泊垂虹桥口占

三江之水太湖东，激浪轻舟疾若风。白鸟群飞烟树末，青山都在雪花中。

发阊门

阊门西去是阳关，叠叠秋风叠叠山。便是早春相别处，如今杨柳不堪攀。今春送于外史归越上。

陈　孚

博浪沙

一击车中胆气豪，祖龙社稷已惊摇。如何十二金人外，犹有民间铁未销。

高克恭

过信州

二千里地佳山水，无数海棠官道傍。风送落红搀马过，春风更比路人忙。

郭天锡

宿焦山上方

扬子江头风浪平，焦山寺里晚钟鸣。炉烟已断灯花落，唤起山僧看月明。

傅若金

回雁峰

江上青峰宿雨开，江头归使日南来。登高欲访平安字，二月衡阳雁已回。

王士熙

李宫人琵琶引

琼花春岛百花香，太液池边夜色凉。一曲六么天上谱，君王曾进紫霞觞。
龙柱雕犀锦面妆，春风一抹彩丝长。新声不用黄金拨，玉指萧萧弄晚凉。
鸾舆五月幸龙冈，宣唤新声促晓妆。拨断冰弦秋满眼，塞天云碧草茫茫。
越罗蜀锦旧衣裳，赢得旁人识赐香。莫对琵琶思往事，声声弹出断人肠。

吴　镇

画竹

长忆前朝李蓟丘，墨君天下擅风流。百年遗迹留人世，写破湘潭梦里秋。

黄公望

题画

茂林石磴小亭边，遥望云山隔淡烟。却忆旧游何处是？翠蛟亭下看流泉。

黄清老

海子上有期

金堤晴日共鸣镳，倾盖松阴待早朝。数尽荷花数荷叶，碧云移过水东桥。

王冕

梅花

三月东风吹雪消，湖南山色翠如浇。一声羌管无人见，无数梅花落野桥。

郑韶

次韵陆友仁吴中览古

赤阑桥下记停桡，细雨菰蒲响莫潮。说与行人莫回首，故宫烟柳正萧萧。

贡性之

暮春二首

吴娃二八正娇容，鬥草寻花趁暖风。日暮归来春困重，秋千间在月明中。

惜花公子爱春晴，骏马骄嘶晓出城。半醉归来人共看，笑将金弹打流莺。

题菜

西风吹动锦斓斑，晓起窥园露未干。三日宿酲醒不得，正思风味到辛盘。

涌金门见柳

涌金门外柳垂金，三日不来成绿阴。折取一枝入城去，使人知道已春深。

朱希晦

寄友

雨过溪头鸟篆沙，溪山深处野人家。门前桃李都飞尽，又见春光到楝花。

曹之谦

秋夜

寂寂江城夜向阑，西风吹雁叫云端。一声远过南楼去，月满碧天秋水寒。

周　驰

和郭安道治书韵

西风吹起白头波，半夜扁舟掠岸过。不向长桥沽一醉，满天明月奈秋何！

缪　鉴

咏鹤

青山修竹矮篱笆，仿佛林泉隐者家。酷爱绿窗风日美，鹤梳轻毳乱杨花。

柯九思

退直赠月

西华门外玉骢骄，新赐罗衣退晚朝。绣枕魂清疏雨暮，海棠银烛度春宵。

彭　炳

小桥

落花如雪马蹄香，几树黄鹂欲断肠。行到小桥春影碧，一沟晴水浸垂杨。

汪泽民

次友人春日见寄韵

清景行行一径苔，兰樽特为晚春开。绿阴青紫犹堪赏，昨日游人自不来。

陈秀民

寄绍兴吕左丞

后来江左英贤传，又是淮西保相家。见说锦袍酣战罢，不惊越女采荷花。按辍耕录云：张氏据有平江，部将吕珍守越，参军陈庶子、饶介之在左右。一日陈赋此诗，饶染翰题扇以寄吕，词翰双绝。吕倩人诵罢，大怒曰：「我为主人血战守封疆，岂爱一女子，不忍惊乎？见则必杀之。」

高明

暮春即事

杨柳楼前白鼻騧，金鞍被了唤名娃。重帘深处无风雨，肯信春寒瘦杏花。

周砥

经杜樊川水榭故基

落花风里酒旗摇，水榭无人春寂寥。何许长亭七十五，野莺烟树绿迢迢。

元诗别裁集补遗

五言古

赵孟頫

庆寿僧舍即事

白雨映青松，萧飒洒朱阁。稍觉暑气销，微凉度疏箔。客居秋寺古，心迹俱寂寞。夕虫鸣阶砌，孤萤炯丛薄。展转怀故乡，时闻风鸣铎。

范梈

明月几回满

明月几回满，待君君未归。中庭步芳草，蝴蝶上人衣。谁念同袍者？闲居与愿违。

揭傒斯

寄题冯掾东皋园亭

时雨散繁绿，绪风满平原。兴言慕君子，退食在丘园。出应当世务，入咏幽人言。池流淡无声，畦蔬蔚葱芊。高林丽阳景，群山若浮烟。好鸟应候鸣，新音和且闲。时与文士俱，逍遥农圃春。理远自知简，情忘可避喧。庶云保贞和，岁暮委周旋。

黄　溍

西岘峰

层云抱春城，急濑泄嵌窦。修蹊入窈窕，众绿郁以茂。名亭标水乐，折柱荒碑仆。幽寻得缁庐，乱石扶结构。青精午堪饭，碧涧寒可漱。平生慕真赏，及此成邂逅。冥探指顶绝，有路忽通透。缘萝度蒙密，翠气湿衣袖。寄身泬寥内，下睨人寰陋。清讴杂风竹，大啸落岩狖。东峰在眉睫，可望不可就。同游却何时？瑶草春已秀。

夜兴

秋气入病骨，残梦倏然惊。芭蕉叶间露，风过皆成声。揽衣泬寥内，搔首天河横。饥虫语不休，中宵谁汝令？孤鸿亦何苦，犯霜度微明。悠悠念群动，百感忽我并。大化倘不尔，吾其免营营。

李老谷

缘崖一径微，入谷双崦窄。密林日易昏，况乃云雨积。行人望烟火，客舍依山色。家僮为张灯，野老烦避席。未觉风俗殊，只惊关河隔。严程不可缓，子规勿劝客。

赤城

鸡鸣秣吾马，晚饭山中行。何以慰旅怀，赤城有嘉名。滩长石齿齿，树细风泠泠。时见岩壁间，粲若丹砂明。温泉发其阳，抝诃勤百灵。前峰指金阁，真境标殊庭。白道人迹稀，青崖云气生。信美无少留，缅焉起深情。

担子洼

自从始出关，数日走崖谷。迢迢度偏岭，险尽得平陆。陂陀皆土山，高下纷起伏。连天暗丰草，不复见林木。行人烟际来，牛羊雨中牧。飒然衣裳单，咫尺异寒燠。伫立方有怀，相逢仍问俗。畏途宜疾驱，更傍滦河宿。

题清华亭

名区汇修渚，流望依平陆。飞雨天际来，远峰净如沐。生香余晚花，繁阴蔼嘉木。秀色坐可揽，终然不盈掬。触景幽兴多，接物道机熟。谁能与之游，食芳饮山渌。

晓行湖上

晓行重湖上，旭日青林半。雾露寒未除，凫鹥静初散。赍缘际余景，闪倏多遗玩。会心乍有得，抚己还成叹。夙予丹霞约，久兹芳洲畔。独往愿易违，离居岁方换。沙暄芷芽动，春远川华乱。存期乃寂寞，取适岂烂漫。小隐倘见招，渔樵共昏旦。

柳贯

袁伯长侍讲，伯生、伯庸二待制，同赴北都却还，夜宿联句，归以示予，次韵效体，发三贤一笑

杜诗诧蜀险，高有石柜阁。安知居庸口，可掠太白脚。马行已崇颠，鸟度尚层壑。林蹊旷

迷辙，崖井荒留幕。俯疑日沈车，阒若风鼓橐。元云倏扬旗，朱霞粲涂鞹。数驿程匪赊，袭裘寒更薄。客魂逢酒消，鬼胆因诗愕。蟠木将为容，胡绳未宜索。严召戒晨趋，澄旻际秋廓。紫薇晶焕烂，瀚海气冥漠。腰无两鞬属，道有五丁凿。弭辔谁所援，还衡犹屡错。小息树吟旌，争先厉词锷。非开石首筵，似听郾城柝。巨敌无前勍，偏师当后却。

贡师泰

秋夜和韩与玉

斋居在城西，庭户颇幽敞。凉风起高树，落叶时时响。境静人少来，理悟心自赏。方忻结同盟，慎勿成独往。

迺贤

李老谷

高秋远行迈，入谷云气暝。稍稍微雨来，渐怯衣裳冷。萦纡青崦窄，杳霭烟竹迥。峰回稍开豁，夕阳散微影。霜叶落秋涧，寒花媚秋岭。穷途见土屋，人烟杂墟井。平生爱山癖，惕此惬幽静。月落闻子规，怀归心耿耿。

周 权

溪之滨

小雨净川绿，玩心鸥鸟群。拂藓憩幽磴，松花点衣巾。禅扃杳何处，疏磬时远闻。青烟湿山道，牛羊下斜曛。

余 阙

秋兴亭

涉江登危榭，引望二川流。双城共临水，两岸起飞楼。汉渚深初绿，江皋迥易秋。金风扬素浪，丹霞丽彩舟。登高及佳日，能赋命良俦。御者奉旨酒，庖人供膳羞。一为山水媚，能令车骑留。为语同怀者，有暇即来游。

安庆郡庠后亭宴董佥事

鲸鲵起襄汉，郡邑尽烧残。兹城独完好，使者一开颜。省风降文囿，弭节遵曲干。双池夹行径，累榭在云间。天净群峰出，地迥苍江环。霞生射蛟台，雁没逢龙山。开樽华堂上，命酌俯危阑。主人送瑶爵，但云嘉会难。岂为杯酒欢，乐此罢民安。魄渊无恒彩，清川有急澜。明晨起骖服，相望阻重关。

郑　祐

送友还乡

堕地作儿女，有用及须早。当年悬弧意，焉得乡曲老？青云一蹉跎，鬓发日已皓。常恐归去迟，心焉惄如捣。我家东吴城，翠竹森若葆。力耕输王税，妻子亦温饱。诗成每独咏，觞至或共倒。富贵将焉如，岁晏聊自保。萧萧风前柳，贸贸霜下草。有官固当归，无官归亦好。

郭麟孙

游虎丘

海峰何从来？平地涌高岭。去城不七里，幻此幽绝境。芳游坐迟暮，无物惜余景。树暗云岩深，花落春寺静。野草时有香，风絮淡无影。山行纷游人，金翠竞驰骋。朝来有爽气，此意独谁领？我来极登览，妙灵应自省。遥看青数尖，俯视绿万顷。逃禅问点石，试茗汲憨井。意行忘步滑，野坐怯衣冷。聊为无事饮，颇觉清昼永。藉草方醉眠，松风忽吹醒。

卢挚

行农洛西题王居仁山堂春晓

幽人持所见，旷然捐世故。岂薄轩冕荣，正有林壑趣。兴居惟自适，早晏常暇豫。芳草泽气春，鸟鸣岚光曙。岩花抗韶容，溪云淡吾虑。图史敦夙好，朋游非外慕。相邀具鸡黍，笑言在农务。我来忝符竹，行田课耕助。抚卷怀清风，长吟山郭慕。

柯九思

送林彦清归永嘉

雁荡接银汉，翠涌生高寒。芙容散秋锦，飞落秋云端。我昔造绝顶，天阔路漫漫。遥瞻广寒殿，素娥正凭阑。白兔捣月魄，指顾成神丹。因招宋成公，吹箫乘紫鸾。俯视九万里，元气青团团。别来知几时？弱水如平滩。忽遇雁山客，霞佩青莲冠。还入雁山去，玉髓供晨餐。报我旧游者，久待凌烟峦。吾患为有身，南望空长叹。

高明

宿先公房晓起偶成

晓雨池上来，微风动寒绿。幽人睡初起，开窗见修竹。西山带曾云，隐隐出林木。境寂尘自空，虑淡趣常足。独坐无晤言，流泉下深谷。

赋幽慵斋

闭门春草长，荒庭积雨余。青苔无人扫，永日谢轩车。清风忽南来，吹堕几上书。梦觉闻啼鸟，云山满吾庐。安得嵇中散，尊酒相与娱。

周砥

夜坐怀孝常

待月下石壁，罢琴竹间亭。坐绝百虫响，旅怀才夜宁。天高玉露泻，草木流晶荧。四山湛秋色，万物无隐形。风蝉抱叶落，雪鹄迎云停。此时西涧人，柴门久已扃。谁同展清会，念此风泠泠。世难避空谷，忧思同醉醒。偶适不为贵，人生易飘零。茫茫河汉流，荧惑光众星。干戈未衰息，前途杳冥冥。岁晏有结托，东去浮沧溟。

倪　瓒

池莲咏

回翔波间风，的历叶上露。清池结素彩，华月映微步。云阴花房敛，雨歇芳气度。欲去拾明珰，踟蹰惜迟暮。

叶　颙

渔父曲

雨过暮云收，江空凉月出。轻蓑独钓翁，一曲秋风笛。宿鹭忽惊飞，点破烟波碧。

陈　孚

江天暮雪

长空卷玉花，汀洲白浩浩。雁影不复见，千崖暮如晓。渔翁寒欲归，不记巴陵道。坐睡船自流，云深一蓑小。

何中

宿田家

村暗烟火生，林深鸡犬静。稻花如积雪，月色淡相映。邻家夜汲归，寒虫满幽径。

七言古

马祖常

湖北驿中偶成

江田稻花露始零，浦中莲子青复青。楚船祠龙来买酒，十幅蒲帆上洞庭。罗衣熏香钱满箧，身是扬州贩盐客。明年载米入长安，妻封县君身有官。

范梈

奉酬段御史登岳阳楼之作，时分理盗贼至海康

谁能手铺湘水平，刬却君山看洞庭。昔人已骑黄鹤去，楼前乱芷春兰青。岂知绣衣后千载，远违凤阙来江城。凭高吊古落日紫，领客置酒开云屏。酒酣点笔赋新句，薄海传诵令

人惊。忆我初游白玉京，与君联步趋承明。手宣皇猷敷帝绩，济济学士如登瀛。一行竟堕万里外，回首沧浪思濯缨。守官区区事无补，惟有白发欺人生。泮泂水外万竹底，四时鸟语烟边鸣。忽忽此地复相见，恍如幽梦来仙灵。中宵秣马不遑暇，君又北乡予南征。如兹后会复何日？念之使我双涕零。宫中圣人总四溟，所过海岳须澄清。铁冠峨峨望天下，青霄快展皆修程。由来豺虎伏仁兽，况有鹰隼当秋横。明夜相思隔云雨，月落高台闻笛声。

揭傒斯

曹将军下槽马图

曹霸画马真是马，宛颈相摩槽枥下。卓荦权奇果如此，岂有世上无知者？朱丝不是凡马缰，天闲十二皆龙骧，曾从天子平四方。画图仿佛余骊黄，华山之阳春草长。

萨都剌

芙蓉曲

秋江渺渺芙蓉芳，秋江女儿将断肠。绛袍春浅护云暖，翠袖日暮迎风凉。鲤鱼吹浪江波白，霜落洞庭飞木叶。荡舟何处采莲人，爱惜芙蓉好颜色。

登乐陵台倚梧桐望月有怀南台李御史艺，七夕后一日也

凉风吹堕梧桐月，泻水泠泠露华白。乐陵台上悄无人，独倚梧桐看明月。月高当午桐阴直，不觉衣沾露华湿。此时却忆在金陵，酒醒江楼听吹笛。

张翥

范宽山水

忆昔往寻剡中山，南明天姥相萦盘。客路上头穿鸟道，行人脚底踏风湍。旦寒露重多成雨，泄雾濛云互吞吐。仆夫相呼岩壑间，空响膺人作人语。溪穷断岸地忽平，石门壁立如削成。隔水无数山花明，中有人家鸡犬声。向来老眼曾到处，此境俱作桃源行。百年留在范宽笔，水墨精神且萧瑟。上有翰林学士之院章，恐是宣和旧时物。林猿野鹤应自在，令我相见犹前日。时平会乞闲身归，一壑得专吾事毕。

许谦

冯公岭

层峦叠嶂危相倚，乱石飘风涌秋水。寒松荒草间苍黄，照眼峥嵘三十里。初如井底观天门，一峰巍然中独尊。萦回百折至绝顶，俯视众岭来儿孙。人言此山插霄汉，马不容鞭仆夫叹。攀援何异蜀道难，气竭神疲背流汗。熟视徐行路觉平，心宽意适步更轻。志须预定自远到，世事岂得终无成？我来正直穷冬月，倚秋岩前嚼松雪。午店烟生野饭香，阳坡日近梅花发。寄语悠悠行路人，乾坤设险君勿嗔。胸中芥蒂未尽去，须信坦道多荆榛。

陈　基

裁衣曲

殷勤织纨绮，寸寸成文理。裁作远人衣，缝缝不敢迟。裁衣不怕剪刀寒，寄远惟忧行路难。临裁更忆身长短，只恐边城衣带缓。银灯照壁忽垂花，万一衣成人到家。

张　宪

东门行

东都门外古今稀，东宫二傅同日归。百官祖道设供帐，敕赐黄金作酒资。归来日日会亲友，尽卖赐金买醇酒。白头刚傅（萧望之也）。空劳劳，一杯鸩羽不就狱，博得君王祠少牢。

陈桥行

唐宫夜祝邈佶烈，忧民一念通天阙。帝星下射甲马营，紫雾红光掩明月。殿前点检作天子，方颐大口空诛死。重光相荡两金乌，十幅黄旗上龙体。中书相公掌穿爪，不死不忍秘鸿宝。画瓠学士独先几，禅授雄文袖中草。君不见，五十三年血载涂，五家八姓相吞屠。陈桥乱卒不拥马，抚掌先生肯坠驴。

咸淳师相

咸淳师相专军国，堂吏馆宾供羽翼。诸司百职听使令，台谏承颜言路塞。轮舟五日一入朝，湖山佳处多逍遥。谀言佞语颂功德，边事军声听寂寥。半闲堂连多宝阁，歌姬舞妓相欢乐。十年国势尽倾摧，犹谓师臣堪付托。师臣师臣躬督兵，珠金沙头锣一声。十三万人齐解甲，寡妇孤儿俱北行。君不见，黯淡溪流东复东，木棉花开生悲风。师臣不忍马革裹，厕上有人能拉胸。

溪山春雨图

卞思义

野人结屋临溪上，溪上白云生叠嶂。城中车马自纷纭，朝听樵歌暮渔唱。云林叆叇春日低，小桥流水行人稀。桃花落尽春何处？风雨满山啼竹鸡。

潘　纯

送杭州经历李全初代归

东家老人语且悲，衰年却忆垂髫时。王师百万若过客，青盖夜出人不知。巷南巷北痴儿女，把臂牵衣学番语。高楼急管酒旗风，小院新声杏花雨。比来官长能相怜，民间蛱蝶飞青钱。黄金白璧驮西马，明珠紫贝输南船。繁华消歇如翻掌，宫中赋敛年年长。里巷萧条去不归，华屋重门结蛛网。语中呜咽不欲闻，道旁虎狼方纷纭。麒麟凤凰那复得，使我益重羁参军。参军在官近一考，素发萧萧坐成老。上言掣肘下吏骂，赖有闾阎独称好。杭州公事天下繁，大才处决无留难。参军累官日益贵，何术可使斯民安？

杨维桢

杀虎行

刘平妻胡氏，从平戍零阳。平为虎擒，胡杀虎争夫。千载义烈，有足歌者，为赋是章。

夫从军，妾从主。梦魂犹痛刀箭瘢，况乃全躯饲豺虎。拔刀誓天天为怒，眼中於菟小于鼠。

血号虎鬼冤魂语，精光夜贯新阡土。可怜三世不复仇，泰山之妇何足数？

张　昱

五王行春图

开元天子达四聪，羽旄管籥行相从。当时从驾骊山者，宰相犹是璟与崇。华萼楼中云气里，兄弟同眠复同起。玉环一旦入深宫，大枕长衾冷如水。兴庆池头花树边，梨园小部俱婵娟。杨家姊妹夜游处，银烛万条生紫烟。宁知乐极哀方始，羯鼓未终鼙鼓起。褒斜西幸雨淋铃，回首长安几千里。

郭　珏

长相思

长相思，相思者谁？自从送上马，夜夜愁空帏。晓窥玉镜双蛾眉，怨君却是怜君时。湖水浸秋藕花白，伤心落日鸳鸯飞。为君种取女萝草，寒藤长过青松枝。为君护取珊瑚枕，啼痕灭尽生网丝。人生有情甘白首，何乃不得长相随？潇潇风雨，喔喔鸣鸡，相思者谁？梦寐见之。

五言律

方夔

早行

早起理归装，残灯耿曙光。开门半山月，立马一庭霜。钟响知云寺，波声认石梁。修途留不住，去去出山庄。

黄溍

抱琴

三尺枯桐树，相随年岁深。此行端有意，何处托知音？隐隐青山夜，寥寥太古心。空携水仙曲，更向海中岑。

陪仇仁父先生登石头城

谈笑逢诸老，登临失故亭。薄游成汗漫，高步觉岭𪩘。峡水通吴白，淮山入楚青。平生一杯酒，及此慰飘零。

周 权

野趣

地偏居自稳，石路接平田。云合茅檐树，雨添花涧泉。空山晴滴翠，远水绿生烟。唤酒青林度，斜阳系客船。

余 阙

吕公亭

鄂渚江汉会，兹亭宅其幽。我来窥石镜，兼得眺芳洲。远岫云中没，春江雨外流。何如乘白鹤，吹笛过南楼。

陈 高

夜半舟发丹阳

舟子贪风顺，开帆半夜行。天寒四野静，水白大星明。长铗归何日？浮萍笑此生。柁楼眠不稳，起坐待鸡鸣。

倪　瓒

听袁子方弹琴

蕙帐凝夕清，高堂流月明。芳琴发绮席，列坐散繁缨。回翔别鹄意，缥缈孤鸾鸣。一写冰霜操，掩抑寄余情。

何　中

雨后晚行

栖鸟黄昏后，归牛苍莽间。水明疑有月，烟淡欲无山。幽谷元非隐，高人自喜闲。徘徊不能去，莎碧更荒湾。

七言律

黄　庚

题吴实斋北山别业

北山佳境胜南山，乘兴登临眼界宽。樵斧伐云春谷暗，渔榔敲月夜溪寒。一区池占林泉胜，四面天开图画看。竹屋数间尘不到，主人日日凭阑干。

张养浩

登泰山

风云一举到天关，快意生平有此观。万古齐州烟九点，五更沧海日三竿。向来井处方知隘，今后巢居亦觉宽。笑拍洪崖咏新作，满空笙鹤下高寒。

虞 集

费无隐丹室

碧云双引树重重，除却丹经户牖空。一径绿阴三月雨，数声啼鸟百花风。年深不记栽桃客，夜静长留卖药翁。几度到来浑不语，独依秋色数归鸿。

送韩伯高佥宪浙西

正月楼船过大江，海风吹雨洒船窗。云消虹霓横山阁，潮落鼋鼍避石矼。阙下谏书谁第一？济南名士旧无双。湖阴暑退多鱼鸟，应胜愁吟对怒泷。

杨　载

暮春游西湖北山

愁耳偏工著雨声，好怀常恐负山行。未辞花事骎骎盛，正喜湖光淡淡晴。倦憩客犹勤访寺，幽栖吾欲厌归城。绿畴桑麦盘樱笋，因忆离家恰岁更。

黄　溍

上岩寺访一公

晓色微茫尚带星，修蹊荦确断人行。独支瘦竹身犹健，高入重云地忽平。落月正当山缺处，细泉频作雨来声。上方灯火青林曲，隐隐疏钟一再鸣。

题观海图

昔年解缆岑江上，初日团团水底红。鼍吼忽摇千尺浪，鹢飞仍挟半帆风。遥看岛屿如星散，只谓神仙有路通。及此栖身万人海，旧游却在画图中。

萨都剌

层楼晚眺

广寒世界夜迢迢，醉拍阑干酒易消。河汉入楼天不夜，江风吹月海初潮。光摇翠幕金莲炬，梦断凉云碧玉箫。休唱当时后庭曲，六朝宫殿草萧萧。

宋无

春日野步书田家

翳日桤阴翠幄遮，葑围高下弈枰斜。陂塘几曲深浅水，桃李一溪红白花。赭尾自跳鱼放子，绿头相并鸭眠沙。春郊景物堪图写，输与烟樵雨牧家。

张翥

闻归集贤远引奉简一章

故旧相看逐逝波，思归无路欲如何？将军每叹檀公策，朝士徒悲穆氏歌。南海明珠来贡少，中原健马出征多。先生自说将高举，不遣冥鸿到尉罗。

贡师泰

风泾舟中

白发飘萧寄短蓬，春深杯酒忆曾同。落花洲渚鸥迎雨，芳草池塘燕避风。烽火此时连海上，音书何日到山中？故人别后遥相望，夜夜空随斗柄东。

迺贤

秋夜有怀明州张子渊

云表铜盘挹露华，高城凉冷咽清笳。弓刀夜月三千骑，灯火秋风十万家。梦断佳人弹锦瑟，酒醒童子汲冰花。起看归路银河近，愿借张骞八月槎。

吴师道

赤壁图

沉沙戟折怒涛秋，残垒苍苍战鬥休。风火千年消伯气，江山一幅挂清愁。丈夫不学曹孟德，生子当如孙仲谋。机会难逢形胜在，狂歌吊古谩悠悠。

野中暮归有怀

许　谦

野田萧瑟草虫吟，墟落人稀惨欲阴。白水西风群雁急，青林暮雨一灯深。年丰稍变饥人色，秋老谁怜倦客心？酒禁未开诗侣散，菊花时节自登临。

三月十五夜登迎华观

夜深来此倚阑干，千里楼台俯首看。月到天中花影正，露零平地草光寒。气清更觉山川近，意远从知宇宙宽。长啸一声云外落，几家儿女梦初残。

陈　基

淮阴杂兴

千里相逢淮海滨，一枝谁寄岭梅春。老来易感山阳笛，年少休轻胯下人。失侣雁如秦逐客，畏寒花似楚遗民。每过百战疮痍地，立马西风为损神。

十一月晦与同幕诸公登南高峰因过湖上小集

落日湖头舣画船，买鱼沽酒不论钱。共过天下登临地，却忆官家全盛年。绿水映霞红胜锦，远山凝黛淡如烟。相携此夕干戈际，一听笙歌一慨然。

冯子振

登金山

双塔嵯峨耸碧空，烂银堆里紫金峰。江流吴楚三千里，山压蓬莱第一宫。云外楼台迷鸟雀，水边钟鼓振蛟龙。问僧何处风涛险？郭璞坟前浪打风。

陈　雷

寄刘仲原经历

鸳鸯湖水漾晴晖，镜里遥峰入望微。槐荫午衙书帙静，莲香秋幕吏人稀。青云步稳名逾重，白石歌长愿已违。他日相逢话畴昔，应怜憔悴不胜衣。

张昱

感事

雨过湖楼作晚寒，此心时暂酒边宽。杞人惟恐青天坠，精卫难期碧海干。鸿雁信从天上过，山河影在月中看。洛阳桥上闻鹃处，谁识当时独倚阑？

倪瓒

怀归

久客怀归思惘然，松间茆屋女萝牵。三杯桃李春风酒，一榻菰蒲夜雨船。鸿迹偶曾留雪渚，鹤情原只在芝田。他乡未若还家乐，绿树年年叫杜鹃。

吴景奎

望江亭怀古

金刹璇题入绛霄，望江犹自记前朝。群臣痛洒新亭泪，孱主方看浙水潮。故物苍龙蟠石柱，当时丹凤听箫韶。属镂一夜英雄老，曾见鸱夷恨未销。

郭珏

残年

久愁兵气涨秋林，不谓残年寇转深。四野天青烽火近，五更霜白鼓声沉。金张富贵皆非旧，管乐人材不到今。江上米船看渐少，捷书未报更关心。

叶颙

至正戊戌九日感怀

风急登高野客伤，悲笳声里过重阳。正须击剑论孤愤，何暇携壶举一觞！白骨不埋新战恨，黄花空发旧枝香。寒烟冷日东篱下，西望柴桑路更长。悠悠江影雁南飞，黄菊飘香蝶满枝。斜日西风彭泽酒，殊方异国杜陵诗。烟峦惨淡山林暮，霜叶萧疏草木悲。醉后不思时节异，半欹乌帽任风吹。

仇远

陪戴祖禹泛湖分韵得天字

冉冉夕阳红隔雨，悠悠野水碧连天。山分秋色归红叶，风约蘋香入画船。钟鼓园林已如此，衣冠人物故依然。当歌对酒堪肠断，倒著乌巾且醉眠。

陈孚

平江

沧浪亭下望姑苏，千尺飞桥接太湖。故里空传吴稻蟹，寒祠犹记晋莼鲈。芙蓉夜月开天镜，杨柳春风拥画图。为问馆娃歌舞处，莺花还似昔年无？

鄂渚晚眺

黄鹤楼前木叶黄，白云飞尽雁茫茫。橹声摇月归巫峡，灯影随潮过汉阳。庾令有尘污简册，祢生无土盖文章。阑干只有当年柳，留与行人记武昌。

戴良

怀宋庸庵

麦秀歌残已白头，逢人犹是说东周。风尘澒洞遗黎老，草木凋伤故国秋。祖逖念时空击楫，仲宣多难但登楼。何当去逐骑麟客，被发同为汗漫游。

周霆震

登城

世祖艰难德泽深，风悲城郭怕登临。九朝天下俄川决，七载江南竟陆沉。马骨空传当日价，鸡声不到暮年心。雨余门外青青草，过客魂销泪满襟。

钱惟善

述怀寄光远并简城南诸友

野人无事久忘机，肯信纷华有是非。花信欲阑莺百啭，麦芒初长雉双飞。书中岁月仍为客，枕上江山屡梦归。时复思君倚深树，不知残雨湿春衣。

送陈众仲之官翰林应奉

画鹢齐飞发棹讴，泛江几日过扬州。晓云最白梅花驿，春雨初香杜若洲。一代文章关气运，十年馆阁擅风流。绿波草色连天远，不是寻常送别愁。

李孝光

饮濡须守子衡君宅

客子东来向西楚，河流兀兀舞轻舠。雪消巢县青山出，雨后焦湖春水高。赖有使君持玉节，未须故旧问绨袍。眼中贺监文章伯，又使时人见凤毛。

八月十六日送张仲举至秦邮驿，是夕邵文卿置酒云峰台望月二首录一

云峰台上今宵月，奇绝平生此一行。天水光摇秋万顷，星河凉转夜三更。谪仙被酒骑鲸去，游女吹箫学凤鸣。明发星查上河汉，定传诗话到蓬瀛。

环碧斋

面面溪光护石苔，轩墀无复有尘埃。月涵虚白浮秋去，水泛空青入座来。渔钓儿孙多质朴，啸歌鸥鹭不惊猜。我家亦住沧江曲，千个筼筜绕舍栽。

马　臻

秋日闲咏

西湖晴雨画图间，坐倚阑干自解颜。无酒可供千日醉，有钱难买一生闲。草衰春色来时路，鹤宿秋声起处山。横笛吹残天又晚，钓舟灯火入芦湾。

张　雨

范以善云林清远馆

华阳范监居幽眇，不到元窗未易逢。山气半为湖外雨，松声遥答岭头钟。常闻神女骑龙过，亦有仙人控鹤从。安用乘流三万里，小天元在积金峰。

七言绝

柳　贯

题立仗马图

玉立彤墀气尚粗，食残刍豆更何须？太平未必闲无用，一幅君王纳谏图。

萨都剌

游会仙宫

霏霏凉露湿瑶台，半夜吹箫月下来。山外春风将雨过，满庭撩乱碧桃开。

题淮安壁间

鱼虾泼泼初出网，梅杏青青已著枝。满树嫩晴春雨歇，行人四月过淮时。

秋词

清夜宫车出建章，紫衣小队两三行。石阑干畔银灯过，照见芙蓉叶上霜。

杨维桢

雨后云林图

浮云载山山欲行，桥头雨余春水生。便须借榻云林馆，卧听仙家鸡犬声。

惟　则

湖村庵即事

竹根吠犬隔溪西，湖雁声高木叶飞。近听始知双橹响，一灯浮水夜船归。